D'impressions Célèbres

Edmond de Goncourt

d'impressions célèbres

De à paraît, sous le titre de: LES TRENTESIX VUES DE FOUGAKOU Fouziyama, une série d'impressions célèbres, qui dans le principe ne devait compter que planches, et dont le nombre a été porté à planches.

Cette série en largeur, aux couleurs un peu crues, mais ambitieuses de se rapprocher des colorations de la nature sous tous les aspects de la lumière, est l'album inspirateur du paysage des impressionnistes de l'heure présente.

Yéjiri de la province de Sourouga
    Un coup de vent
Ohnoshindén de la province de Sourouga
    Transport de fagots par des boeufs
Champs de thé de Katakoura de la province de Sourouga
    Un homme ferrant un cheval
Foujiminohara de la province d'Owari Un Japonais agenouillé dans le cercle d'une immense cuve qu'il assemble et où l'on voit dans le fond le Fouziyama.

Un matin de neige à Koishikawa à Yédo
    Femme indiquant, d'un kiosque, le Fouziyama
TodonoOura
    Des torii dans l'eau, au bas desquels sont des pêcheurs de
    coquillages
L'autre côté du Fouji, vu de Minobougawa nom de rivière
    Chevaux au bord de la rivière.
Beau temps par un vent du Sud daté Le Fouziyama, en la coloration rouge d'une brique, avec quelques lézardes de neige à l'extrémité de son pic, et se détachant sur un ciel d'un bleu intense tout rayé de nuages blancs stratifiés qui donnent au ciel le caractère d'une plage dont la mer vient de se retirer Une impression de la plus grande originalité et où l'artiste japonais eu la bravoure de rendre l'effet qu'il a vu, dans toute sa vérité invraisemblable.

Orage au pied de la montagne Le Fouziyama vu tout pourpre à la clarté d'un éclair

Ascension des hommes Montée de Japonais, par des échelles, à la caverne de Fouziyama déjà toute pleine de pèlerins.

Naroumi de la province de Kazousa Grand bateau couvert de nattes

Oushibori de la province de Hitati Aménagement d'un grand bateau japonais dont on ne voit que la moitié

Le lac de Souwa, de la province de Shimano Une hutte sous un arbre

Dans la montagne de la province de Tôtômi Des scieurs de bois débitant une énorme solive s'élevant dans le ciel portée sur quatre poutres Une des planches les plus harmoniques aux colorations simplement vertes et bleues sur le jaune du papier, avec quelques rehauts d'encre de Chine.

La roue hydraulique de Ondén
    Une femme, un baquet sous le bras, une autre en train de laver,
    dans la chute d'eau un panier rempli d'herbages
Inoumétôghé de la province de Kahi
    Le Fouziyama, d'un rouge brun à la base, d'un bleu d'outremer au
    milieu, puis blanc de neige au sommet
La surface de l'eau de Sansaka de la province de Kahi
    Le Fouziyama jaune d'ocre, reflété dans le bleu de la rivière
La passe de Mishima de la province de Kahi Un gigantesque cèdre dont trois hommes sont en train de mesurer le tronc de leurs bras étendus Encore une de ces harmonieuses planches faites de colorations bleues et vertes sur papier jaune: au fond les colorations de nos grisailles amoureuses du XVIIIe siècle.

L'Aube de Isawa de la province de Kahi Audessus de toits de chaume d'habitations de paysans, le Fouziyama tout noir, sauf l'extrémité du pic.

L'intérieur du flot en face de Kanagawa à Tôkaïdô Planche qui devrait s'appeler la Vague et qui en est comme le dessin un peu divinisé par un peintre sous la terreur religieuse de la mer redoutable entourant de toute part sa patrie: dessin qui vous donne le coléreux de sa montée dans le ciel, l'azur profond de l'intérieur transparent de sa courbe, le déchirement de sa crête qui s'éparpille en une pluie de gouttelettes ayant la forme de griffes d'animaux.

Hodogaya sur le Tôkaïdô Le passage d'un pont de bateaux par des piétons et un Japonais à cheval par un temps de neige.

Yoshida sur le Tôkaïdô
    Maison de thé où hommes et femmes prennent du thé, fument,
    se reposent sur le banc intérieur de la maison d'où par une grande
    baie on aperçoit le Fouziyama Dans un coin un voyageur ramollit
    sa chaussure à coups de maillet

Kanaya sur le Tôkaïdô
    Norimon porté dans l'eau
Plage de Tago près de Yéjiri sur le Tôkaïdô
    Une barque, audessus le Fouziyama, tout bleu
Yénoshima de la province de Sagami
    Maison rustique dans une île
Nakabara de la province de Sagami
    Porteurs près d'un petit monument bouddhique
Shitirigahama de la province de Sagami
    Un bouquet d'arbres bleuâtres
Le lac de Hakoné de la province de Sagami Paysages montant audessus de sommets d'arbres au bas de la planche

Menesawa de la province de Sagami Assemblées de grues

Tatékawa de Honjô à Yédo Le quartier des chantiers de bois à Yédo, avec d'un côté ses piles de bois et de l'autre ses assemblages de planches debout

Le pont Mannénbashi de Foukagawa à Yédo
    Un bateau à l'avant
La pagode des Rakan à Yédo
    Sur la terrasse de la pagode
Le pin de Aoyama à Yédo Pin à l'étendue des branches couvrant un terrain immense, branches que soutient une forêt de tuteurs

Kajikasawa de la province de Kahi
    Homme retirant, du haut d'un rocher, un filet jeté dans un lac
Mégouro inférieur à Yédo
    Faubourg de Yédo où se fabriquent les meules pour écraser le riz
Sénjû un faubourg de Yédo
    Homme préparant pour un cheval la sandale de paille employée avant
    l'adoption du ferrage
Vue du Fouji à travers la ville des fleurs Yoshiwara
  du côté de Sénjû
    Une marche de porteurs de fusils dans des gaines rouges
Tsoukoudazima une île à l'embouchure de la Soumida
    Barque chargée de ballots de coton
Tamagawa nom de rivière de la province de Mousashi Petite barque sur cette belle et claire rivière alimentant Yédo d'eau potable

Fouzi vu de Shinagawa à travers Gotènyama à Yédo

Montée de gens dans le paysage; à droite collation sur un tapis
Le pont Nihonbashi de Yédo
    La perspective des entrepôts
Les magasins de Mitsui de Yédo
    Magasins d'objets de luxe
Sourougadaï de Yédo
    Colline au centre de Yédo, porteurs gravissant un chemin
Le temple bouddhique Hongwanji d'Asakousa de Yédo
    Le fronton de la toiture d'un des plus grands temples bouddhiques
Le soir du pont Riôgokou, vu du quai des Écuries
    Une barque où un homme laisse flotter un linge dans l'eau
Le village de Sékiya, au bord de la Soumida
    Trois cavaliers galopant sur la route
À cette série des TRENTESIX VUES DU FOUZI se joignent, comme impressions de la même facture, la série des CASCADES et la série des PONTS

La première série intitulée: Shokokou Takimégouri, VOYAGE AUTOUR DES CASCADES, publiée vers , se compose de huit planches en hauteur C'est sans doute, vu le nombre des cascades célèbres qui existent au Japon, une série qui devait être continue.

Cascade Kirifouri de la rosée tombante dans la montagne kourokamiyama montagne de cheveux noirs de la province de Shimozouké Trois Japonais en contemplation devant la cascade

Cascade de Ono sur la route de Kiso
    Cinq porteurs sur un pont
Kiyotaki cascade pure de Kwannon de Sakanoshita, sur la route de
    Tôkaïdô
    Montée de gens vers un temple de Kwannon
Mouma aroïnotaki, cascade à Yoshino, dans la province d'Izoumi
    Cascade où le guerrier Yoshitsouné a lavé son cheval et où, par
    une allusion à ce souvenir historique, il est représenté dans
    cette impression un cheval rouge qu'un homme est en train de laver
Amidagataki cascade de Bouddha au fond de la montagne de Kiso
    Trois Japonais en train de faire une collation, au bas de cette
    cascade dans la chute de laquelle le Japon voit une ressemblance
    avec la tête d'un Bouddha
Cascade de la colline des mauves Aoyégaoka à Yédo
    Un homme s'épongeant le front, appuyé sur le bâton de ses paniers
Cascade de Rôbén nom d'un ancien prêtre, dans la montagne Ohyama,

province de Sagami
    Gens se baignant dans la cascade
Yôrônotaki cascade de Yôrô dans la province de Mino
    Un groupe de Japonais assis, se reposant au bas de la cascade
La série des PONTS intitulée: Shokokou Meikiô Kiran, vues pittoresques des ponts de diverses provinces, et publiée de à , se compose de onze planches en largeur

Le pont de la Lune crachée reflétée dans la montagne Arashiyama de
    la province de Yamashiro
    Pont sur pilotis de bois
Pont de bateaux de Sano, de la province de Kôzouké
    Pont sur un cours d'eau très variable relié avec des cordages sur
    lesquels sont jetées des planches
Koumpnokakéhashi le pont du nuage dans la montagne Guiôdôsan
    à Ashikaga
    Pont reliant les deux pics d'une montagne
Tsouribashi pont suspendu sur la frontière des deux provinces de
    Hida et de Yettchû
    Un pont de cordage avec un filet dessous: un vrai pont d'acrobates
Kintaïbashi dans la province de Souwô
    Pont avec des piles en pierre et un tablier de bois
Yahaghinohashi de Okazaki, sur la route de Tôkaïdô
    Pont courbe en bois sur piliers très élevés, forme nécessitée
    par la fonte des neiges au printemps
Taïko bashi pont de tambour du temple de Tènjin de Kameïdo à Yédo
    Pont à la forme surélevée de terre et rondissante d'une moitié
    de tambour
Les ponts de Tempôzan sur la rivière Kazikawa dans la province de
    Settsou
    Deux ponts, près de Ohsaka, reliant une petite île pittoresque
    à la terre ferme
Temma bashi à Ohsaka province de Settsou
    Représentation sur ce pont de la fête des Lanternes
Le pont de Foukouï de la province de Yétizén Un pont moitié en pierre d'un côté, moitié en bois de l'autre, séparant deux districts de la même province dont l'un était régi par un daïmio riche, l'autre par un daïmio pauvre

Yatsouhashi le pont en parties de la province de Mikawa Un pont aux compartiments zigzaguant sur un vaste marais, de la forme de ces châssis mobiles sur lesquels les enfants font avancer des soldats, un pont élevé pour aller voir dessus la floraison des iris du marais

Tout peintre japonais, disaisje, dans mon étude sur Outamaro, a une oeuvre érotique, a ses shungwa, ses peintures de printemps

Et je parlais alors de la peinture érotique de l'ExtrêmeOrient, «de ces copulations comme encolérées, du culbutis de ces ruts renversant les paravents d'une chambre, de ces emmêlements des corps fondus ensemble, de ces nervosités jouisseuses des bras, à la fois attirant et repoussant le coït, de ces bouillonnements de ventres féminins, de l'épilepsie de ces pieds aux doigts tordus battant l'air, de ces baisers boucheàbouche dévorateurs, de ces pâmoisons de femmes, la tête renversée à terre, la petite mort sur leur visage, aux yeux clos, sous leurs paupières fardées, enfin de cette force, de cette énergie de la linéature qui fait du dessin d'une verge un dessin égal à la main du Musée du Louvre, attribuée à MichelAnge»

Ces lignes, je les écrivais d'après trois albums d'impressions merveilleuses dont j'ignorais encore l'auteur, et que je sais maintenant être Hokousaï, et avoir pour titre: Kinoyé no Komatsou, LES JEUNES PINS, dont la publication est de à

C'est dans ces albums qu'existe cette terrible planche: sur les rochers verdis par des herbes marines, un corps nu de femme, évanoui dans le plaisir, sicut cadaver, à tel point qu'on ne sait pas si c'est une noyée ou une vivante, et dont une immense pieuvre, avec ses effrayantes prunelles, en forme de noirs quartiers de lune, aspire le bas du corps, tandis qu'une petite pieuvre lui mange goulûment la bouche

C'est dans ces albums que se trouve cette planche d'un voluptueux indescriptible: sur les ondulations d'une étoffe de pourpre, le bas d'un ventre de femme, où s'est introduit un doigt de sa main, d'une main au poignet nerveusement cassé, aux longs doigts contournés, à l'attouchement doucement titillant, d'une main qui, dans sa courbe, a l'élégance volante d'une main du Primatice

Je laisse là la description des autres albums, je veux seulement signaler une série de petits sourimonos, dont quelquesuns sont à cache, et ont été sans doute publiés vers les dernières années du XVIIIe siècle, et dans lesquels, au milieu des frénésies animales, on trouve des affaissements béats, des brisements de cous de nos primitifs, des attitudes mystiques, des mouvements d'amour presque religieux

En paraît le Yèhon Teikinwôra, CORRESPONDANCE TRAITANT DU JARDIN DE FAMILLE, un des plus parfaits livres illustrés par Hokousaï et gravés par Yégawa Tomékiti: trois volumes où les compositions d'Hokousaï, prenant tantôt le milieu, tantôt le haut de la page, sont encastrées dans une ancienne écriture d'une grasse calligraphie admirablement rendue par le graveur calligraphe Bountidô

C'est l'ancienne éducation intellectuelle du Japon faite dans la maison paternelle et pas dans les écoles Et ce livre, où le mot tei veut dire jardin, et le mot kin éducation, nous fait connaître un traité dont le texte écrit en langage courant, usité dans les correspondances journalières, a pour but de donner une éducation morale aux enfants dans la famille, même pendant qu'ils jouent au jardin

L'intérêt de ces volumes, où une illustration, toute moderne, et sans rapport avec le texte, est intercalée au milieu de cette écriture du XIVe siècle, c'est surtout la représentation des industries et des métiers du pays

Voici une cuisine: la cuisine officielle du souverain où les cuisiniers ne peuvent toucher à rien qu'avec des baguettes; voici l'atelier d'un sculpteur sculptant une chimère colossale; voici deux planches de forgerons, dans l'une desquelles un vieux ciseleur, aux lourdes besicles, est en train d'entailler une garde de sabre; voici une teinturerie avec le teinturier aux bras teints jusqu'à la saignée; voici des brodeurs brodant la soie étendue sur un châssis; voici les métiers à tisser de la ville et de la campagne; voici la faiseuse de chapeaux de paille, et la faiseuse de papier à l'usage domestique; voici le fabricant de parapluies, voici le faiseur de petites boîtes en lames de bois roulées; voici le peintre de kakémonos; voici le sculpteur spécialiste des statues et statuettes de Bouddha, voici le diseur de bonne aventure offrant de la rue à des femmes dans leur intérieur son petit faisceau de cinquante baguettes révélatrices de bonne ou mauvaise chance de leur vie; voici enfin la boutique du libraire avec l'annonce des derniers livres

Et, dans cette représentation des industries et des métiers, une merveille que le d'après nature des attitudes, la vérité des mouvements, l'attentionnement des hommes et des femmes à la chose qu'ils font, et la tranquillité calme de l'application pour les besognes délicates, et la violence des anatomies pour l'effort des gros ouvrages

Dans le second volume c'est le fabricant de nattes, tatami; c'est le modeleur de théières en métal; c'est le chandelier, à la main enduisant de cire une tige de bambou, qu'on retire; c'est le vendeur d'huile; c'est un entrepôt de saké; c'est un marchand de légumes frais; c'est un marchand de légumes secs; c'est un préparateur de plantes marines comme l'aonori, le kombou, et qu'on mange bouilli, grillé ou séché; c'est une faiseuse de filets; c'est un séchoir de pieuvres dont la chair séchée sert à faire des soupes très délicates

Le troisième volume contient un très petit nombre de planches d'industries Il n'y a guère qu'un tourneur de meules avec lesquelles on blanchit le riz; un broyeur de thé en poudre, pour le genre de cérémonic dite Tchanoyu, et se divisant en Koïtcha et Mattcha; un faiseur de macaronis de sarrasin, représenté à côté des figures comiques de deux avaleurs de macaroni, tout à la joie gloutonne de leur occupation Et, parmi ces industries, un industriel particulier, un conteur d'histoires, jouant un peu les personnages qu'il met en scène et toujours entouré d'un nombreux public de gens qui ne savent pas lire et, ainsi que dans nos feuilletons, arrêtant son récit au moment le plus intéressant et faisant revenir les gens avec la suite à demain

Plusieurs planches sont consacrées à la célébration de légumes phénoménaux de certaines provinces du Japon Ici une rave de la province d'Ohmi qu'il faut deux hommes pour porter, là une pousse de bambou de la province de Iyo qui a l'air d'un mât de navire, plus loin encore, deux navets gigantesques de la province Owari, enfin un petasite d'Akita, cette petite plante grande comme une laitue qui sert dans l'image qui la représente de parasol à un homme et à une femme

Et dans les trois volumes, mêlées aux planches représentant des métiers et des industries, des planches de toutes sortes: l'audience d'un daïmio; une rue de Yédo; un intérieur d'un temple bouddhique; une salle de tribunal avec les trois juges sur une estrade, et le public assis à terre; le frappement sur un taï en bois pour annoncer un service religieux; la récolte des kaki; la pêche au cormoran; et encore des planches, comme les quatre classes de la société japonaise: le guerrier, le paysan, l'ouvrier, le marchand, la dernière classe dans cette société aristocratique

Mais, de toutes ces images, les plus charmantes sont des sortes de culsdelampe, représentant celleci, une femme vue de dos à sa toilette qui se met une épingle dans les cheveux devant un miroir reflétant sa figure, abaissée avec le plus gracieux mouvement du cou, et l'abandon derrière elle d'une main tenant un écran; et cellelà, formée tout simplement du groupement d'une chimère, de deux peignes, d'une coupe à saké, d'une pipe, d'une fleur

Le premier volume est publié en , le second en , le troisième est sans date, mais tous les dessins sont de

Le baron de Hubner, dans sa PROMENADE AUTOUR DU MONDE, raconte qu'à Odawara, après le repas dans la grande maison de thé de la ville, un homme s'est présenté, porteur d'une boîte divisée en quatre compartiments contenant du sable rouge, bleu, noir, blanc, et qui, en le jetant sur le plancher comme un cultivateur jette la semence, dessinait et peignait à la fois des fleurs des oiseaux, et à la fin,au milieu des rires bruyants des hommes et des femmes, des sujets érotiques dignes de la Chambre secrète de Pompéi

En , un livre qui est, pour ainsi dire, le manuel de cet art, mais pour les femmes, et sans aucun modèle obscène, paraissait sous ce titre: Bongwa hitori keiko, ÉTUDE PAR

SOIMÊME DU DESSIN SUR PLATEAU, par Mme Tsukihana Yei, avec une illustration due pour la plus grande part à Hokousaï

La première planche représente, à côté de boîtes de sables de différentes couleurs, deux jeunes femmes accroupies par terre devant un plateau: l'une, une cuiller à la main, l'autre, une planchette, toutes deux en train de composer un tableau

Et l'album contient, représentés en deux couleurs,une couleur grisâtre, une couleur rougeâtre,d'abord des motifs élémentaires comme une tige de bambou, une fleur d'iris, des lapins éclairés par la lune, puis des motifs plus compliqués, comme une tortue, un faisan doré, un paon

Et dans le texte de petits croquetons donnent la figuration de la planchette, de la cuiller, et la manière dont la main doit les tenir et laisser tomber le sable

En , paraissent en planches séparées:

Hiakou monogatari, LES CENT CONTES: une série d'estampes fantômatiques, d'un caractère terrifique tout à fait extraordinaire et dont il n'a paru que cinq planches, peutêtre à cause de l'effroi qu'elles causaient

La plus effrayante, c'est une lanterne fabriquée sur le modèle d'une tête de mort, avec les cheveux hérissés sur le haut de la tête, et flasques et pendants sur les tempes, avec les fibrilles de sang du blanc des yeux, avivés par la lueur intérieure de la lanterne, avec la couture ou le collage du papier, imitant d'une manière invraisemblable les sutures d'un crâne; et cette tête de mort, produit d'une imagination ingénieusement macabre, se détachant sur le bleu noir de la nuit

Une autre estampe: une femme ogresse, aux cheveux ressemblant à une crinière, aux yeux demifermés remplis d'une noire prunelle, au nez busqué d'un bouc, aux crocs bleuâtres saillant des deux côtés d'une bouche tachée de sang, à la main de squelette avec laquelle elle tient, derrière son dos, une tête d'enfant qu'elle a commencé à dévorer

Une autre estampe: une femme fantôme soulevant une moustiquaire où dort un sommeil tranquille une femme, moitié à l'état de squelette, moitié à l'état anatomique dénudé de la peau, et dont les osselets de la main sont verts dans l'ombre et couleur de chair dans la lumière

Une autre estampe: une pâle tête dc morte chevelue, à la bouche ouverte d'où un soupir se dessine sur le ciel noir comme le dessin d'un souffle sur de l'air glacé, et le haut du corps sortant d'un puits formé comme des anneaux d'un serpent et qui sont un enchaînement d'assiettes vertes C'est l'apparition de la petite servante Okikou dont j'ai raconté l'histoire dans la MANGWA

Une autre estampe simplement allégorique représentant la fiche d'un mort, la feuille où sont inscrites la date de sa naissance, la date de sa mort, avec au milieu son nom et, à côté, les bonbons apportés pour l'anniversaire de son décès, une feuille d'un bouquet tombée dans un bol, un présentoir autour duquel s'enroule un serpent

En cette même année , ou dans des années qui la touchent de très près, paraît Shika Shashinkiô, IMAGES DES POÈTES, une série de dix grandes impressions en couleur H , L centimètres qui, selon moi, est la série révélatrice du grand dessinateur et du puissant coloriste qu'est Hokousaï

Dans ces dix compositions, du plus fier dessin, de la plus savante assurance dans le trait, la coloration de l'aquarelle qui les recouvre a une solidité, pour ainsi dire, un gras qui vous enlève toute impression d'un coloriage sur du papier, mais vous fait regarder ces images ainsi que vous regarderiez des panneaux recouverts de la plus sérieuse peinture à l'huile Non, rien ne peut donner une idée de la grandeur, du pittoresque, de la couleur à la fois réelle et poétique des paysages en hauteur où se passent ces scènes lyriques

Les titres de cette série de la plus grande rareté tantôt portent le nom d'un poète, tantôt le titre d'une poésie

I Dans un paysage montagneux, au bord de la mer, un poète chinois, une branche de saule lui servant de cravache, chevauche sur un cheval blanc à la selle toute garnie de houppes écarlates: un cheval dont la blancheur se détache merveilleusement sur le bleu intense du lointain de la mer

II Le poète chinois Lihakou, appuyé sur un long bambou, avec deux enfants dans les plis de sa robe, est en contemplation devant une cascade qui a l'air de tomber perpendiculairement du haut du ciel, une cascade aux bleus transparents, aux violets transparents de l'eau dans sa chute Une planche d'une coloration sourde et comme patinée, d'un effet admirable

III Dans une anse de la mer, où est remisé un bateau, en face d'un rocher rose à moitié perdu dans les nuages et à la forme d'une architecture féerique, entouré de ses disciples, le poète chinois Hakourakoutén, à qui l'on doit des poésies descriptives célèbres, est penché vers un batelier qui d'en bas, semble le renseigner sur le site

IV Un Japonais qui traverse un pont, portant sur l'épaule une perche aux bouts de laquelle sont attachés deux bouquets de la plante qui remplace au Japon le papier de verre Les grands arbres du haut du paysage, éclairés par la lune, dans une fin de jour crépusculaire, sont d'une tonalité verte indicible, d'un vert tendrement assoupi sur les hachures ombrées des roseaux de la rivière

V Sous un immense pin, au bord de la mer, audessus de rochers rouges ayant la forme accidentée de congélations, adossé à la balustrade d'une haute terrasse, dans un élégant mouvement de retournement de la tête en arrière, un homme contemple le ciel où brille la lune

C'est le poète japonais Nakamaro, devenu ministre en Chine, qui a fait, en sa nouvelle patrie, un poème où il dit que, lorsque son âme se promène dans le ciel et qu'il voit cette lune qu'il a vue aux flancs de la montagne de Mikasa, près de Kasouga, cette lune le console, lui fait oublier les misères de l'existence, lui rappelle son Japon,une pièce qui fut cause de sa disgrâce, par le témoignage qu'elle apportait de son attachement pour son ancienne patrie

VI Un épisode de l'histoire de la Chine: un homme monté sur un arbre, une porte que deux soldats chinois sont en train d'ouvrir, près d'un coq qui chante sur un toit Voici l'explication de l'estampe Un prince, après une défaite, au moment d'être fait prisonnier dans un pays étranger, a pu arriver, poursuivi de très près, à la porte de la frontière Mais il fait encore nuit et la barrière ne s'ouvre qu'à l'heure où les coqs chantent, lorsqu'un fidèle du prince a l'idée de monter sur un arbre, d'imiter le chant du coq, que reprennent tous les coqs de l'endroit, et la porte s'ouvre

VII Un poète japonais se dirigeant dans la campagne vers une montagne à la cime d'un fauve volcanique

VIII Un poète japonais des vieux siècles, dans sa robe jaune, tenant sur son épaule l'éventail aux palettes de bois en usage avant l'invention du papier, sous le bleu limpide d'un ciel où se voit le premier croissant de la lune audessus d'une bonzerie Audessous du poète, des branches d'arbres toutes remplies d'oiseaux roses

IX Un bord de rivière où une femme à la clarté de la lune blanchit avec son garçonnet de la toile, à grands coups de battoir

C'est l'illustration d'une poésie de Narihira sur le désespoir d'une femme quittée par son mari, et dont le battement désolé, sous cette lune, que contemplait à la même heure, dans un autre pays, son mari, lui était apporté comme un cri du coeur de sa femme

X Un paysage couvert de neige où un poète chinois, monté sur un cheval rouge, se détache sur le blanc de la terre, sur le bleu pâle du cie

Ces années, c'est le temps des plus belles, des plus colorées impressions paraissant en
feuilles séparées

Signalons, en première ligne, la suite de ces cinq planches H , L , à la signature
d'Hokousaï Iitsou

Un faucon sur son perchoir au milieu de la floraison de pruniers: une impression à la
belle tourmente du trait, au fier contournement de la tête de l'oiseau de proie

Trois tortues, dont l'une nage en pleine lumière et se voit comme dans la clarté
cristalline d'un aquarium

Deux carpes: l'une remontant le rapide d'une cascade, l'autre en sortant

Deux grues dans la neige où le pourpre de la tête et le rose des ailes se détachent du
triste neutralteinte d'un ciel neigeux Une merveilleuse impression dont il n'y a à Paris
que trois ou quatre épreuves, parmi lesquelles une épreuve admirable est dans la
collection Manzi: une épreuve qui vient de la collection Wakaï et qui, hélas! comme
toutes les épreuves qui viennent de cette collection, font mépriser les autres; une
épreuve où le vert des bouquets d'aiguilles des sapins, le brumeux du ciel, le blanc de la
neige, le doux rose et le doux bleu des ailes des grues sont rendus dans une harmonie
que nulle impression d'aucun pays au monde n'a jamais pu attraper,et n'a jamais pu, à la
fois, en donner le détachement et la fonte

De cette série ferait encore partie l'impression de deux chevaux et d'un poulain, d'une
furie, d'un emportement, d'un mors aux dents du dessin si extraordinaire, et la plus rare
des cinq impressions faisant partie de la collection de M Vever

Une autre suite, dont on ne connaîtrait que deux planches H , L , et qui semble une série
des Mois de l'année, à deux planches, que j'ai rencontrées seulement dans la collection
Hayashi

Le premier mois Deux femmes passant devant un temple suivies d'un serviteur portant
un enfant

Le dixième mois Un balayeur tendant un gâteau à un singe que regarde un enfant

Une autre suite de dix grandes planches H , L , représentant des fleurs signées:
Hokousai Iitsou

Des fleurs violettesDes camélias rougesDes volubilisDes pivoinesDes chrysanthèmesDes fleurs étoiléesDes irisDes hortensiasDes daturaDes pavots

Les Chrysanthèmes, les Iris et les Pivoines, sous un coup de vent dans lequel vole un papillon, les ailes retournées: des planches admirables par le style apporté à la fleur par les Japonais seuls!

Il existe encore une série de dix autres planches de fleurs, d'un format plus petit

Parmi les planches isolées, citons encore:

Une série de petits paysages, dont il y a neuf planches dans la collection de M Vever, signées Iitsou, précédemment Hokousaï, d'une perfection d'exécution merveilleuse, et parmi lesquelles la représentation d'une pêche, par une nuit étoilée, est un petit chefd'oeuvre

Une déesse Kwannon montée sur un éléphant blanc, avec dans des cartouches un sanglier, un coq, des petits chiens; une impression qui pourrait bien faire partie d'une suite encore inconnue

Le lac Souwa pendant l'hiver et que des piétons et des gens à cheval traversent sur la glace

Matsoushima, une baie semée de rochers couverts de pins, un des sites les plus pittoresques du Japon

Une carpe dressée toute droite, traversant dans l'eau des courants de lumière

Un roseau avec des fleurettes

Des pivoines rouges au milieu desquelles est une pivoine blanche, joliment gaufrée

Enfin, dans une impression en couleur de la collection Bing H , L , la plus grande impression en couleur que l'on connaisse et que le propriétaire regarde comme unique, une poule, ses poussins, et le plus ornemental des coqs à la queue en faucille

Citons encore six pièces capitales faisant partie de la collection Vever

La première, un diptyque reproduisant un épisode de métamorphose du renard à neuf queues en Impératrice du Japon, signée: Hokousaï vers

La seconde, une très grande pièce d'un format tout à fait extraordinaire H , L , dans la facture large et libre des sourimonos de Kiôto, représentant la danse de nô où figurent deux hommes et une femme qui joue du tambourin Signé: Hokousaï, fou de dessin

Enfin, une troisième impression, une merveille Une des planches les plus mouvementées du maître, dans le coloriage le plus délicatement harmonique, une planche en forme de kakémono H , L C'est un groupe de danseurs de la rue, présenté d'une façon pyramidale, et que surplombe en haut un danseur faisant de la musique avec son éventail contre le manche de son parasol ouvert, se continuant dans la gesticulation forcenée de quatre hommes vus de dos et de face, et se terminant en bas par deux femmes dont l'une, les deux bras jetés derrière elle, avec un retournement de la tête en arrière, offre la plus belle attitude mimodramatique Signé: Hokousaï, fou de dessin

Tout en publiant ces planches séparées, Hokousaï a continué, depuis , à publier de nombreux sourimonos, dont nous donnons un catalogue bien incomplet, mais en signalant les plus beaux, les plus importants, les plus originaux

Une série des Poétesses de six planches

Une série des CINQ ÉLÉMENTS

Une série appelée Téjin, du nom d'un Kami, où une mère élevant, avec des bras de tendresse, un enfant audessus de sa tête, lui fait cueillir des fleurs de prunier

Une série: LES DISTRACTIONS AU PRINTEMPS, série d'un format un peu plus grand que le format ordinaire des séries de femmes, et du faire le plus raffiné

Cette année étant l'année du boeuf, des représentations de toute sorte de cet animal, comme un rocher qui en a la forme

Parmi les grandes planches:

L'entrée d'un temple où, à la porte, un homme offre de l'eau aux fidèles pour faire leurs ablutions

Un marchand forain présentant, sur le seuil d'une habitation, des objets de toilette à des femmes

La fête des poupées, avec une nombreuse exposition sur un dressoir de ces figurines en carton, et au milieu desquelles est dressé un taï pour la collation

Une série de sept courtisanes, parmi lesquelles l'une d'elles, jouant du schamisén, est du plus heureux mouvement

Une série intitulée: LES DIFFÉRENTS PAYS, pays imaginaires, dont une estampe vous montre: le Royaume des Femmes, où un certain jour de l'année, sous l'influence d'un vent d'Ouest, les femmes deviennent enceintes,et toutes sont tournées vers le souffle de ce vent

Et, comme cette année est l'année du tigre, il y a des femmes qui portent des robes brodées de tigres

Parmi les grandes planches:

Les sept dieux de l'Olympe japonais, sous la peau d'un immense lion de
Corée dont ils font les mouvements
Le paysage de l'autre coté de la Soumida, et où se voit le temple d'Asakousa

Un bateau chargé de barriques de saké

Deux enfants qui luttent

Deux amoureux étendus l'un à côté de l'autre, la femme fumant une pipette

Des natures mortes: deux poissons attachés à une tige de bambou; un masque en carton, la face et le revers

Un très petit nombre de sourimonos, parmi lesquels une grande planche représentant un écran, un bol, une épingle à cheveux sur un plateau de laque

De petits sourimonos où sont des poissons, des coquilles, des plumes de faucon pour épousseter les choses délicates

Parmi les grandes planches:

La confection d'un étendard dont la devise est en blanc sur fond bleu, et à laquelle travaillent six femmes, dans de jolies poses: un étendard qui va être offert à Yénoshima, au temple de la déesse Bénten

Quelques petites natures mortes, entre autres un sourimono représentant des bâtons d'encre de Chine et une boîte à cachet

Une nature morte représentant une coupe et un présentoir en laque

Note : Les années non inscrites, sont des années où l'on ne connaît pas de sourimonos

Okamé lisant une lettre

Kintoki jouant avec des animaux

Des femmes habillées d'étoffes à damier le damier étant à la mode cette année

Une dame de la noblesse, accompagnée d'une suivante, passant devant une grille où sont affichés des programmes de concert

eux planches d'un format carré qui va devenir le format habituel des sourimonos

Daïkokou se promenant au bord d'une rivière peuplée de lézards fantastiques

Réapparition de nombreux sourimonos dont la production était devenue assez rare dans les années précédentes, et sourimonos où, chose curieuse, apparaît l'influence de Gakoutei et de Hokkei, les deux élèves supérieurs de Hokousaï

Une série de monuments roulants de fêtes qu'on traîne dans les rues

Une série de cinq poétesses

Une série intitulée: COMPARAISON DE LA FORCE DES HÉROS DE LA CHINE ET DU JAPON
Parmi les planches détachées: une jeune fille en train de tirer une épreuve près d'un graveur entaillant une planche; un Japonais tenant contre lui, posée sur une table de go, une élégante poupée japonaise aux colorations merveilleuses se détachant d'un fond d'or harmonieusement vertdegrisée Et nombre de natures mortes, comme un bol de laque noire et une boîte de baguettes à manger; comme une grande planche où sont groupés un barillet de saké, une jonchée d'iris et de chrysanthèmes, un panier d'oranges,un sourimono exécuté pour un banquet donné à un lettré

Une série intitulée: LES FRÈRES DES SUJETS GUERRIERS DE LA CHINE ET DU JAPON; une série rappelant les ressemblances entre les faits héroïques de l'un et de l'autre pays

Une grande série de métiers dont on ne sait pas le nombre

Une série d'industries des bords de la mer

Des natures mortes, parmi lesquelles une série de coquilles

Une feuille isolée représentant un grand serpent blanc, ce serpent portebonheur qu'on dit être l'annonce d'un évènement heureux pour celui qui a la chance de l'apercevoir

Une impression curieuse Deux énormes perles jetant comme des rayons, deux perles apportées à la reine Jingô par la déesse de l'Océan sortie de son palais du Dragon: des perles qui avaient le pouvoir de faire baisser la marée et qui lui ont permis de s'emparer de la Corée

Une série de quatre planches intitulée: QUATRE NATURES, parmi lesquelles un dessin de corbeau d'un grand caractère

Et comme cette année où au bout de dix ans est revenu le cheval dans le calendrier japonais, ce retour a incité Hokousaï à faire une de ses séries les plus parfaites Cette série en l'honneur du cheval, où dans l'association des bibelots les plus divers, un objet comme un mors, une selle, rappelle le cheval, porte la marque d'une petite gourde imprimée en rouge Et ce rappel du cheval va jusqu'à faire représenter à Hokousaï la rue des Étriers où l'on vend des images, le quai des Écuries où, sauf le nom, le cheval n'a rien à faire

Une série d'acteurs de cinq planches, d'acteurs à l'imitation de Toyokouni, et qu'Hokousaï signe: Iitsou, le vieillard de Katsoushika faisant la singerie d'imiter les autres
Deux grues au bord de la mer

La princesse Tamamonomahé, le renard à neuf queues métamorphosé en femme et dont les neuf queues sont figurées par le gaufrage de l'impression dans la traîne de sa robe

Une femme à cheval sur un boeuf

Un pêcheur au bord de la mer, la pipette à la bouche, une ligne entre ses jambes croisées l'une sur l'autre Hayashi, dans ce vieillard chauve, au nez retroussé, à la bouche railleuse, à la physionomie d'un Kalmouck ironique, serait disposé à voir un portrait d'Hokousaï Et il serait amené à cette hypothèse par la légende de la planche, qui est celleci: Quelle nouvelle chose que de voir pousser la jeune mariée le nom d'une espèce de salade de làbas dans le sable de la plage! Or, cette impression en couleur est faite pour le Jour de l'An de l'année qui a suivi celle où l'on verra que Hokousaï est parvenu à arrêter les fredaines de son petitfils et à le marier, et dans ce mot à double sens il exprimerait la joie que lui a causée l'entrée dans la maison de la «jeune mariée» de son petitfils

À propos de ce portrait hypothétique d'Hokousaï, avouons l'incertitude où l'on se trouve relativement à un portrait bien authentique du Maître Le portrait d'Hokousaï, en compagnie du romancier Bakin, donné dans le catalogue Burty, d'après une estampe de Kouniyoshi, n'est pas plus un portrait que le croquis le représentant agenouillé, offrant à l'éditeur son petit livre jaune de LA TACTIQUE DU GÉNÉRAL FOURNEAU OU DE LA CUISINE AU HASARD

On n'aurait du grand artiste ni un portrait de sa jeunesse, ni un portrait de son âge mûr; il n'existerait que le portrait donné par la biographie japonaise de Iijima Hanjûrô, un portrait de sa vieillesse conservé dans la famille et qui aurait été peint par sa fille Oyéi, qui signe Ohi

C'est un front sillonné de rides profondes; des yeux à la patte d'oie, aux poches de dessous tuméfiées et où il y a, en leur demifermeture, comme un peu de cette buée que les sculpteurs de nétzkés mettent dans le regard de leurs ascètes; c'est un grand nez décharné; c'est une bouche démeublée à la rentrée sous le pli de la joue; c'est le menton carré d'une volonté résolue, attaché au cou par des fanons Et, à travers la coloration de l'image qui imite assez bien le ton d'une vieille chair, ce sont les blancheurs anémiées des poches des yeux, de l'entour de la bouche, des lobes de l'oreille

Ce qui vous frappe dans cette tête d'homme de génie, c'est la longueur du visage, des sourcils au menton, et le peu d'élévation et la fuite cabossée du crâne,un crâne qui n'est pas du tout européen, avec sur les tempes de rares petits cheveux ressemblant aux herbettes de ses paysages

Un autre portrait d'Hokousaï, dont un facsimilé a été également publié dans le Katsoushika dén, nous le représente vers l'âge de ans, près d'un pot à pisser, accroupi sous une couverture, laissant voir un bout de profil d'une vieille tête branlante et que dépassent des jambes ayant la maigreur de jambes de phtisique Et voici quelle serait l'origine de ce portrait L'éditeur Souzambô ayant commandé à Hokousaï l'illustration des CENT POÈTES, l'artiste, avant de commencer son travail, envoyait un spécimen, à l'effet de déterminer le format de la publication et, sur ce spécimen, son pinceau jetait ce portraitcharge

En Hokousaï publie Tôshisén Yéhon, LES POÉSIES de la dynastie
DES THANG
La première série, éditée en cinq volumes, comprend les poésies chinoises, en cinq caractères chinois par ligne, littéralement cinq mots

La seconde série, éditée également en cinq volumes, et parue en , contient le recueil des poésies en sept mots par ligne

Un sujet d'étonnement pour les Chinois, c'est l'exactitude avec laquelle Hokousaï, qui n'a jamais été en Chine, s'est assimilé le costume, le port du corps, le caractère de la tête des habitants du Céleste Empire

Ces dix volumes contiennent des dessins du meilleur temps d'Hokousaï: ainsi la femme chinoise dans le somptueux luxe de ses robes; ainsi une carpe panachée monumentale, qui a la puissance et la solidité d'un dessin fait d'après une sculpture; ainsi un amusant croquis de trois ivresses: l'ivresse de l'ivrogne qui rit, l'ivresse de l'ivrogne qui se fâche, l'ivresse de l'ivrogne qui pleure

Mais peutêtre, parmi ces dessins, les plus réussis, ce sont des croquis rendant, d'une manière fidèle, l'admiration de la nature chez ces peuples de l'Orient: des renversements, la tête en arrière, d'hommes couchés, appuyés sur leurs coudes; des rêveries en face de paysages, d'hommes debout, les mains dans les manches de leurs bras, derrière le dos

Parmi ces planches admiratives, il est une vue de dos d'un homme, appuyé sur la traverse d'une baie qui donne sur un lac, disant toute la jouissance intérieure de cet amoureux de la nature

En Hokousaï illustre le Yéhon Tchûkiô, DEVOIRS ENVERS LE MAÎTRE, texte chinois avec commentaires de Ranzan

Note : À la date présumée de cette année, auraient paru en feuilles
séparées:
Une série d'écrans, avec le titre dans un médaillon

Une série intitulée SkôkeiKiran, VUES PITTORESQUES DES PAYSAGES DISTINGUÉS, série tirée en bleu clair, où se rencontre une curieuse vue d'un bain public sur une route

Une série intitulée Shôkei Sétsou guekkura, VUES DISTINGUÉES DE LA NEIGE, DE LA LUNE, DES FLEURS Série probablement de feuilles en largeur, dont pour la Neige, pour la Lune, pour les Fleurs Jolie coloration Série, qui aurait été précédée deux ans avant, en , de Ruikiù Hakkei, réunion de huit paysages, d'une facture un peu maigriote

Un volume de morale, tout rempli d'exemples d'héroïsme et d'abnégation, et où une planche représentant des courtisans saluant un roi donne une idée du respect des fronts et des échines courbés, en cette patrie de la vénération

Les gravures, à l'incision à la fois très douce et très nette, sont de
Souguita Kiûsouké
En Hokousaï illustre le Yéhon Kàkiô, LA PIÉTÉ FILIALE, un ancien traité de morale chinoise entré dans l'éducation japonaise: un traité publié en deux volumes, avec texte chinois et japonais

La première planche portraiture Confucius, la seconde son disciple bienaimé Sôshi

Une planche curieuse, c'est la figuration des quatre classes du Japon représentées par un membre de la première classe, un guerrier en train de lire un livre posé sur un pupitre;un membre de la seconde classe, un paysan, en train de lire un livre attaché à sa bêche;un membre de la troisième classe, un ouvrier, un graveur, faisant sauter à coups de maillet des morceaux de bois d'une planche qu'il entaille;un membre de la quatrième classe, un marchand, un libraire faisant ses comptes

Puis, un peu à la diable à travers l'illustration, ce sont des tireurs, des jongleurs, des danseuses, au milieu desquelles se trouve, comme dernière planche, une composition tout à fait amusante: une grande lettre ayant l'air d'un monument de pierre et en forme d'une croix à double branche sur laquelle sont montés, grimpés, accrochés, un tas de petits bonshommes qui, dans toutes les attitudes, la nettoient, la grattent, la brossent, l'inondent de l'eau d'une pompe

Cette grande lettre, c'est le caractère signifiant la piété, et ce nettoyage veut dire qu'on doit nettoyer sa piété, ainsi que nous disons chez nous qu'il faut garder sa conscience pure

En paraît le premier livre des CENT VUES DU FOUZIYAMA, Fougakou

Hiakkei, un premier livre suivi d'un second, d'un troisième volume et où
Hokousaï a apporté dans ses dessins une science, un art, une observation
humoristique tout à fait supérieure, et dont les gravures, exécutées par
Yégawa, le graveur préféré par Hokousaï, sont de petits chefsd'oeuvre
Cette célébration par l'illustration du grand artiste de la montagne vénérée du Japon, de
la montagne aux   pieds, n'est pas tant une représentation des ascensions qui ont lieu,
chaque année, pendant les grandes chaleurs, que cent fois la montre de la montagne,
vue de Yédo, et des campagnes au nord, au sud, à l'est, à l'ouest du Fouziyama

La première planche est la figuration de la déesse du Japon, KonohanaSakouyahimé
princesse de la fleur épanouie, la divinité du Fouziyama: dessinée sa noire chevelure
épandue dans le dos et tenant d'une main un miroir, de l'autre une branche d'arbuste,
dans une ample robe dont les cassures font à ses pieds comme des vagues

La seconde planche nous fait voir des groupes de Japonais accroupis ou agenouillés, se
montrant dans la stupéfaction la grande montagne, là où il n'y en avait pas: planche
faisant allusion au jaillissement de la montagne sous l'empereur Kôrei ans avant
JésusChrist, au moment où, à cent lieues de là, se creusait le lac Biwa

Dans la troisième planche, c'est le premier ascensionniste de la montagne, le prêtre
bouddhique Yennoguiôja, tenant contre un bras le bâton à la poignée noire, ayant l'autre
enlacé dans un chapelet, et représenté dans les nuages du sommet de la montagne

Et commencent les planches de la première série Dans celleci, la montée en une gorge
étroite d'une armée de pèlerins dont on ne voit que les grands chapeaux de jonc, portant
deux caractères signifiant Fouzi et, dans cellelà, leur descente vertigineuse sur les
grands bâtons en une dégringolade mouvementée

C'est suivi d'une planche représentant, avec une furia extraordinaire, une éruption de
semblable à l'explosion d'une mine, et jetant dans le noir du ciel des poutres, des
tonneaux, des cadavres brisés

Cette éruption qui a fait pousser sur la droite du Fouziyama un petit mamelon, amène
une planche caricaturale où un Japonais explique à un Japonais, affligé d'une énorme
loupe à la joue, qu'il est arrivé à la montagne ce qui est arrivé à sa joue Et cela est dit
dans un groupe de Japonais qui se tordent de rire

Puis des planches où commence la représentation de vues actuelles: la vue du
Fouziyama vu dans le brouillard, une planche merveilleuse d'effet, comparable à la
planche du brouillard de Gakoutei Et c'est la vue du Fouziyama à travers le grêle
feuillage de saules pleureurs,la vue du Fouziyama, entrevue une fois du petit balcon

existant sur le toit de toutes les habitations de Yédo pour observer les incendies, entrevue au milieu d'un ciel coupé par les banderoles de la fête des Étoiles; entrevue, une autre fois, d'une rue de Yédo, emplie de la promenade joyeuse des Manzaï, un premier Jour de l'An;la vue du Fouziyama, d'Ohmori, de la baie de Yédo, audessus des roseaux de la Soumida;la vue du Fouziyama, d'une hutte de la campagne pour surveiller et éloigner les oiseaux;la vue du Fouziyama, avec le coucher d'un soleil, au rayonnement remplissant le ciel;la vue du Fouziyama, parmi la floraison des cerisiers du printemps sous lesquels, à la porte d'une maison de thé, une Japonaise fait de la musique au milieu d'une collation en plein air;la vue du Fouziyama, à travers les champs de riz de l'automne

Dans le second volume, il est des compositions où des noirs rembranesques, admirablement rendus par le graveur, en font des planches du plus grand caractère Ainsi, la navigation dans un de ces curieux bateaux primitifs sur un lac de la province de Shinano, ainsi, l'ascension du dragon montant au ciel pendant l'orage, ainsi «la Vague» avec, pour ainsi dire, les griffes de sa crête, ainsi le faucon étripant un faisan, ainsi l'averse avec un éclair mettant son zigzag dans la nuée qui va crever, ainsi le Fouziyama dans la nuit, audessus d'un chien hurlant à la lune

Et, opposées à ces planches de nuit et de pénombre, les jolies planches de clarté lumineuse, comme celle qui a pour titre: Les trois blancs; le blanc du Fouziyama, le blanc d'une grue, le blanc de la neige sur les sapins

Et encore le paysage du dessous des grands bambous, le paysage des sept ponts, le paysage maritime de Shimadagahana aux pilotis pittoresques si spirituellement croqués; enfin la planche curieuse où bien certainement Hokousaï s'est représenté en train de peindre le Fouziyama, accroupi sur un carton pendant que deux de ses compagnons ouvrent des caisses et qu'un troisième fait chauffer du saké dans un chaudron accroché à trois bambous noués dans le haut

Et au milieu de ces paysages, de savantes études d'hommes et de femmes; l'étude des bûcherons attachés par le milieu du corps à des branches d'arbres qu'ils coupent audessus de leurs têtes; l'étude de ces deux Japonais dont l'un montre à l'autre par un châssis relevé une vue du Fouziyama, étude qui a pour titre: La première idée d'un kakémono; l'étude des pèlerins dans une des grottes du haut du Fouziyama servant d'endroit à coucher pour l'ascension; l'étude du poète antique s'inspirant devant la célèbre montagne et assis sur un terrain à la végétation de fantaisie toute différente du réel paysage du fond; l'étude puissante de Nitta tuant le sanglier monstre; enfin l'étude charmante de ce Japonais fatigué de la lecture, regardant, la tête renversée entre l'étirement de ses deux bras, la reposante montagne

Et toutes ces représentations vous donnant à voir, dans chaque planche, le Fouziyama de tous les côtés, et à travers des filets, des grillages, une toile d'araignée, et non seulement dans son altitude droite, mais encore dans le renversement de cette altitude Ainsi, dans le premier volume, une planche le montre, la tête en bas dans les eaux d'un lac où une troupe d'oies sauvages est en train de prendre son vol Dans ce second volume, ce renversement a fourni à l'imagination du peintre un motif tout à fait joli Un Japonais qui va boire une coupe d'eau s'arrête un moment étonné et charmé devant le microscopique cône de la montagne reflété dans l'eau qu'il porte à ses lèvres

La première planche du troisième volume, c'est la lutte corps à corps, au IIe siècle, des deux guerriers, Kawazou et Matano, en vue du Fouziyama Et tout le volume continue à être la représentation de la montagne, à l'aube, par la pluie, par la brume, par la tombée de la neige, et vue de la grande cascade, et vue d'un monument sinthoïste où jaillit du creux d'un arbre l'eau pour la purification de la prière, et vue de l'observatoire de Yédo, et vue enfin, de la Corée

Et dans ces planches: le beau dessin d'un cerf bramant; le dessin mouvementé de la cavalcade de l'ambassade coréenne apportant son tribut; le dessin curieux de ces deux gigantesques sapins de la province Yashiû se rejoignant dans le ciel, et sur la tête desquels, par la neige, se fait un chemin parcouru par des voyageurs trouvant au milieu de la route une auberge; et la dernière planche, comme le dit l'inscription en tête: c'est le Fouziyama fait d'un seul coup de pinceau

Le premier volume de la première édition appelée l'édition à la plume de faucon, par suite de la représentation d'une plume de cet oiseau sur la couverture, édition rare, a paru en , le second volume en De cette édition on ne connaît pas le troisième volume

Cette première édition était tirée en noir, mais peu de temps après paraissait une édition alors composée des trois volumes où le tirage en noir était teinté d'une teinte bleuâtre dont le léger azurement sur le papier crème du Japon fait le passage le plus harmonique des blancs aux noirs des gravures

Les deux éditions sont signées: la Vieillard fou de dessin, précédemment HokousaïIitsou âgé de ans

Vers la fin de de graves ennuis tombèrent dans la vie du vieux peintre Hokousaï avait marié sa fille Omiyo, qu'il avait eue de sa première femme, avec le peintre Yanagawa Shighénobou Du mariage naquit un vrai vaurien dont les escroqueries toujours payées par Hokousaï furent une des causes de sa misère pendant ses dernières années Même peutêtre, par suite d'engagements pris par le grandpère pour empêcher son petitfils d'aller en prison, engagements qu'il ne put tenir, il se trouva obligé de quitter Yédo en cachette, de se réfugier à plus de trente lieues de là en la province Sagami, dans la ville d'Ouraga, cachant son nom d'artiste sous le nom vulgaire de Miouraya Hatiyémon, et même de retour à Yédo, n'osant, dans les premiers temps, donner son adresse et se faisant demander sous la dénomination du prêtrepeintre emménagé dans la cour du temple Meiôin, au milieu d'un petit bois

Cet exil, qui dura de à , nous a valu la publication de quelques lettres intéressantes du peintre à ses éditeurs Ces quelques lettres nous font entrer dans les tribulations causées au vieil homme par les coquineries de son petitfils, nous peignent le dénuement de ce grand artiste se plaignant, par un rude hiver de n'avoir qu'une seule robe pour tenir chaud à son corps de septuagénaire, nous dévoilent ses tentatives d'attendrissement des éditeurs par la mélancolique exposition de ses misères illustrée de gentils croquetons, dévoilent quelquesunes de ses idées sur la traduction de ses dessins par la gravure, nous initient à la langue trivialement imagée avec laquelle il arrivait à faire comprendre aux ouvriers chargés du tirage de ses impressions, le moyen d'obtenir des tirages artistiques

En Hokousaï adresse cette lettre à ses trois éditeurs, Kobayashi,
Hanabousa et Kakoumarouya:
Étant en voyage, je n'ai pas le temps de vous écrire séparément, et vous adresse à vous trois cette seule lettre que je vous prierai de lire tour à tour Je ne doute pas que vous voudrez bien accorder au vieillard les demandes qu'il vous adresse, et j'espère que dans vos familles vous vous portez tous bien Quant à votre vieillard, il est toujours le même, la force de son pinceau continue à augmenter et à faire, plus que jamais, diligence Quand il aura cent ans, il entrera dans le nombre des vrais dessinateurs

Alors le vieux peintre signe longuement: l'ancien Hokousaï, le vieillard fou de dessin, le prêtre mendiant, et sa lettre est pour ainsi dire tout entière dans ce postscriptum:

Pour le livre des GUERRIERS sans doute le Yéhon Sakigaké, imprimé et gravé par Yégawa, je vous prie, vous trois, de le donner à Yégawa Tomékiti Quant au prix, vous vous arrangerez directement avec lui La raison pour laquelle je tiens absolument que la gravure soit de Yégawa, c'est que, soit la Mangwa, soit les Poésies, certes les deux ouvrages sont bien gravés, mais ils sont loin d'avoir la perfection des trois volumes du FouziYama, gravés par lui Or, si mon dessin est gravé par un bon graveur, ça m'encourage à travailler et, si le livre est réussi, c'est aussi à votre avantage, parce qu'il vous rapporte plus de bénéfices De ce que je vous recommande si chaudement Yégawa, n'allez pas croire que c'est pour toucher une commission: ce que je recherche, c'est la netteté de l'exécution, et ce serait une satisfaction que vous donneriez au pauvre vieillard qui n'a plus bien loin à aller Ici le peintre se dessine, sous l'aspect d'un vieillard marchant appuyé sur deux pinceaux au lieu de béquilles Quant à l'HISTOIRE DE ÇAKYAMOUNI publiée en , Souzanbô m'a promis de la faire graver par Yéyawa, et j'ai dessiné en me basant sur ce choix: le tournant des cheveux chez les Indiens étant très difficile à graver, et même la forme des corps, et il n'y a absolument que Yégawa qui puisse exécuter ce travail

Hanabousa, lors de sa visite, il y a déjà quelque temps, m'a dit, en me commandant les GUERRIERS, qu'il ne me laisserait plus dans l'inoccupation, et je lui rappelle sa bonne parole

Vous avez commandé à ma fille une illustration des CENT POÈTES, mais j'aime mieux dessiner ce livre, que j'entreprendrai moimême après avoir fini les GUERRIERS Pour le prix, nous nous entendrons, tant par poète, mais n'estce pas? il est convenu d'avance que ce sera Yegawa qui gravera le livre

Et la lettre se termine par un croqueton où il salue ses éditeurs

Une autre lettre d'Hokousaï, adressée à l'éditeur Kobayashi, et qui serait datée du dixième mois de l'année :

Je suis resté sans vous demander de vos nouvelles, mais je suis heureux de savoir que vous êtes en bonne santé Quant à moi, j'ai vu le délinquant, l'incorrigible qui va retomber sur moi Et depuis il m'a fallu réunir des conseils d'amis et de famille; enfin j'ai trouvé un répondant quelqu'un qui a pris la responsabilité de le surveiller Nous allons lui faire tenir une boutique de poissons, et nous lui avons aussi trouvé une femme qui va arriver ici dans deux ou trois jours Mais tout cela est toujours à mes frais C'est par ces empêchements que je suis en retard, pour dessiner le SOUÏKODÉN et TÔSHISÉN les poésies des Thang, dont j'ai commencé seulement les esquisses; je vous enverrai cependant, quelques dessins, et dans ce caslà je compte sur... Ici, le peintre dessine une main tenant une pièce d'argent

Une autre lettre sans date, adressée à l'éditeur Kobayashi:

Dans les tons clairs de l'encre de Chine, je supprime toutes les dégradations Car, si ça va tout seul au bout du pinceau, pour le peintre, l'ouvrier tireur des planches peut à peine faire deux cents exemplaires dégradés: au delà de ce nombre c'est impossible sur le même bois Et pour ce ton de l'encre claire, faitesle le plus clair possible: la tendance au foncé rendant le tirage désagréable à l'oeil Dites à l'ouvrier que le ton de l'encre claire doit être de même que la soupe aux coquilles c'estàdire claire comme tout Maintenant, pour le ton de l'encre demifoncée, si on tire trop clair, ça ôte de la puissance à la teinte et c'est le cas de dire à l'ouvrier tireur que la teinte demifoncée doit avoir une tendance épaisse, un peu semblable à la soupe aux haricots En tout cas, j'examinerai les essais mais, dès à présent je recommande ces détails parce que je veux arriver à avoir une bonne cuisine de mes dessins

Une dernière lettre d'Hokousaï, écrite au commencement de l'année , et adressée à l'éditeur Kobayashi d'Ouraga Cette lettre, écrite à propos du Jour de l'An, a en tête un croqueton où le peintre en costume officiel, entre deux branches de sapin, fait une grande révérence

Il y a plusieurs portes où je dois exprimer mes souhaits du Jour de l'An, donc je reviendrai un autre jour, et au revoir, au revoir... Mais, en attendant, pour ce qui regarde les dessins à graver, adressezvous pour les détails à Yégawa, toutefois vous trouverez plus loin une recommandation pour les autres graveurs

Je vous remercie de vos prêts fréquents Je pense qu'au commencement du second mois de l'année je serai épuisé de papier, de couleurs, de pinceaux, et que je serai forcé d'aller à Yédo, en personne, alors je vous rendrai visite en cachette et je vous donnerai, de vive voix, tous les détails dont vous pouvez avoir besoin Par cette rude saison, surtout dans mes voyages, que de choses dures, et entre autres, passer ce grand froid avec une seule robe, à mon âge de ans Je vous prie donc de songer aux tristes conditions dans lesquelles je me trouve; mais mon bras ici un croqueton de ce bras n'a nullement faibli, et je travaille avec acharnement Mon seul plaisir c'est de devenir un habile artiste

Ici, sa lettre finie, il la date du dixseptième mois, et se représente, dans un croquis microscopique, saluant humblement entre son chapeau et son dessin posés à terre

Mais Hokousaï aime les postscriptum, et la lettre continue:

Je recommande au graveur de ne pas ajouter la paupière en dessous quand je ne la dessine pas; pour les nez, ces deux nez sont miens ici le dessin d'un nez de profil et de face et ceux qu'on a l'habitude de graver sont des nez d'Outagawa que je n'aime pas du tout, et qui sont contraires aux règles du dessin Il est aussi de mode de dessiner les yeux ainsi et ce sont des dessins d'yeux avec un point noir au milieu, mais je n'aime pas plus ces yeux que les nez

Hokousaï termine sa lettre par cette phrase: Comme ma vie, dans ce moment, n'est pas au grand jour, je ne vous écris pas ici mon adresse

Enfin une lettre de , adressée aux éditeurs Hanabousa Heikiti et
Hanabouza Bounzô, après son retour à Yédo où il continue à se tenir caché:
Je vous remercie mille fois de votre dernière visite amicale, et aussi de ne pas abandonner le vieillard, et encore de vos bonnes étrennes Depuis le printemps dernier,

mon débauché de petitfils a eu une conduite déplorable, et j'ai dû, tous les jours, m'occuper à nettoyer les suites de sa sale vie, et j'étais au moment de le mettre à la porte Mais il s'est trouvé, comme toujours, des personnages bien trop indulgents qui m'ont fait patienter jusqu'au jour d'une dernière et plus grosse faute Toutefois, au commencement de cette année, j'ai dû le faire prendre par son père Yanagawa Shighenobou et conduire dans la province de Montzou une province du Nord mais il est bien capable de s'être échappé en route En attendant, ça me donne à respirer un peu Voici les raisons qui m'ont empêché d'aller vous remercier du livre de SOGA MONOGATARI livre ancien prêté Ce nouvel an, je n'ai ni sou ni vêtement, et j'arrive seulement à me nourrir tant bien que mal, ne voyant mon vrai nouvel an de cette année qu'au milieu de son second mois

Au deuxième mois de l'année dernière, quand Yeiboun est venu me voir, j'avais déjà deux volumes terminés du SOUIKO roman en volumes commencé en , mais je n'ai pu avancer davantage En somme, j'ai perdu une année tout entière grâce à mon coquin de petitfils, et je regrette cette précieuse année perdue

Je garde longtemps votre SOGA MONOGATARI, mais je vous prierai de me laisser jusqu'au second mois, où je vous rendrai visite Autre recommandation Envoyezmoi, le plus tôt possible, la soie pour peindre la déesse Daghinitén la déesse représentée montée sur un renard car le temps passe rapide comme la flèche, et vous m'avez demandé que cette peinture vous soit livrée dans le second mois

Si le texte de GWADÉN est prêt, envoyezlemoi, et quand vous m'enverrez la soie, joignezy le prix de l'illustration des deux volumes de GWADÉN Quand vous viendrez, ne demandez pas Hokousaï, on ne saurait pas vous répondre, demandez le prêtre qui dessine et qui est emménagé récemment dans le bâtiment au propriétaire Gorobei, dans la cour du Temple Meiôin, au milieu du buisson petit bois d'Asakousa

Tant de représentations de combats, de luttes corps à corps, de duels héroïques éparpillés dans tout l'oeuvre d'Hokousaï, racontant le passé militaire du Japon, ne satisfaisaient pas le maître Sur la fin de sa vie, il voulut des albums particuliers consacrés tout entiers à ces hommes de guerre à la fois terribles et doux, dont les ANNALES DU JAPON nous décrivent le type dans ce portrait de Tamouramaro:

«C'était un homme très bien fait; il avait pieds pouces de haut, sa poitrine était large de pied pouces Il avait les yeux comme un faucon et la barbe couleur d'or Quand il était en colère, il effrayait les oiseaux et les animaux par ses regards; mais, lorsqu'il badinait, les enfants et les femmes riaient avec lui»

Oui, Hokousaï voulut dessiner des albums montrant uniquement ces guerriers armés de sabres au dire des légendes coupant des boeufs en deux, sous des masques de métal, dans des cuirasses, des épaulières, des brassards, des gantelets, des jambières, comme fabriqués sur le moulage du corps et que l'acier le plus souple uni à la soie la plus résistanteet plus tard les pièces articulées, sortant de l'atelier de la famille Miôtchin, enfermaient dans un vêtement de fer laissant aux membres toute la liberté des mouvements que jamais ne donna l'armure moyenageuse de l'Europe

Donc en Hokousaï publia un premier album, bientôt suivi de deux autres, où la mythologie guerrière se mêle à l'histoire batailleuse des premières dynasties de la Chine et du Japon Ce premier album a pour titre: Wakan Homaré, LES GLOIRES DE LA CHINE ET DU JAPON, et devrait avoir en tête la curieuse préface que Hokousaï a écrite pour l'ILLUSTRATION DES PERSONNAGES DE SOUIKODÉN, et que voici:

«Je trouve que dans toutes les représentations japonaises ou chinoises de la guerre, il manque la force, le mouvement, qui sont les caractères essentiels de ces représentations Attristé de cette imperfection je me suis brûlé à y remédier et à y apporter ce qui manquait... Il y a indubitablement dans mes dessins des défauts, des excès, mais tout de même mes élèves veulent s'en servir comme modèles»

Sur la première page des GLOIRES DE LA CHINE ET DU JAPON est un Mars bouddhique, aux cheveux droits sur la tête, aux sourcils et aux moustaches coléreusement retroussés, se détachant d'un grand nimbe dans son armure ornementale

Puis se succèdent les gravures d'Isanaghi, le premier homme de la terre du Japon tuant Kagoutsouti, le mauvais génie de la contrée; de Foumeitchôja, mettant en fuite le renard à neuf queues; du soldat Sadayo, tout percé de flèches et mourant en enfonçant des deux mains son sabre dans le corps d'un ennemi étendu sous lui; du Dieu du tonnerre s'humiliant devant la hache monstrueuse de Kintoki; de Yorimitsou, qui vient de trancher la tête du géant de la montagne de Ohyéyama: tête qui est en train de retomber et d'aller se ficher sur les cornes du casque du jeune guerrier; de l'intrépide explorateur qui entra le premier dans la grotte du Fouziyama et que l'on voit la parcourir la torche à la main; du cavalier Ogouri Hangwan, faisant assembler les quatre pieds de son cheval sur la tablette d'un étroit jeu de go; du général Yoshisada demandant au génie de l'Océan, dans la logette faite par la courbe d'une vague, demandant de retirer la marée pour laisser passer son armée

Sur la dernière page se voit un peintre qui élève en l'air, d'une seule main, une masse ficelée de rouleaux de sapèques au bout desquels est fiché son pinceauune allusion d'Hokousaï, je crois bien, à la force qu'il dépense dans ses dessins

L'année suivante, en , un jour de printemps... mais écoutez Hokousaï luimême: «Pendant que je profitais d'un beau jour de printemps, dans cette année de tranquillité, pour me chauffer au soleil, j'eus la visite de Souzambo son éditeur, qui venait me demander de faire quelque chose pour lui Alors j'ai pensé qu'il ne fallait pas oublier la gloire des armes, surtout quand on vivait en paix et, malgré mon âge qui a dépassé soixantedix ans, j'ai ramassé du courage pour dessiner les anciens héros qui ont été des modèles de gloire»

Le livre pour lequel Hokousaï ramasse sa vieille énergie s'appelle Yéhon Sakigaké, LES HÉROS

Et tour à tour défilent l'Hercule mythologique Tatikaraonomikoto, portant un rocher sur sa tête; le premier Empereur du Japon regardant son héritier dormant entouré d'un énorme dragon; le ministre Moriya, battant un prêtre bouddhique, après avoir jeté à terre la table et les écrits religieux qu'elle portait; le guerrier HiraïnoHôshô tuant l'araignée monstre ressemblant à une énorme pieuvre; le guerrier Shôki en train d'étrangler un diable; le mangeur d'enfants Mashukoubô, tenant par les pieds un enfant dont il ouvre le ventre audessus d'une marmite qui recueille le sang; le guerrier Bénkei portant une cloche au haut de la montagne Ishiyama; la divinité bouddhique Foudô, symbolisant la fermeté de la conviction que ne peuvent ébranler ni le feu ni l'eau où son corps est à la fois plongé; la guerrière Hangakou qui écrase un guerrier sous un tronc d'arbre

Une suite des HÉROS paraît, la même année, , sous le titre de: Yéhon Mousashi Aboumi; LES ÉTRIERS DU SOLDAT, une suite où l'effort d'Hokousaï est d'étudier l'armure sur le corps du guerrier et de montrer la vie, le mouvement, communiqués à cet habit de fer par l'attaque et la défense de la vie: conquête que se vantait d'avoir faite Hokousaï dans le dessin

Et rien, dans les ÉTRIERS DU SOLDAT, que des hommes et des femmes sous l'armure C'est l'impératrice Jingô, une tête coupée à ses pieds, en train de tendre son formidable arc; c'est le prince Yamatodaké qui vient de tuer le chef ennemi sous un déguisement de femme; c'est un général japonais blessé par une flèche qui est à ses pieds, et qui envoie dans le camp ennemi, à celui qui l'a blessé, un colossal taï et une cruche monumentale de saké: un acte de courtoisie militaire très commune en ces temps; et ce sont des combats où, sous le harnachement de fer des cavaliers, se cabrent des chevaux hirsutes et échevelés, aux yeux de feu, à la robe toute noire, pareils à des coursiers de l'Érèbe

À ces planches consacrées à la guerre il faudrait encore ajouter cinq feuilles de guerrier sur fond bleu, avec des verts, des rouges, des jaunes un peu criards, sur les armures

Kamakoura Gongoro tuant Torinooumi Yasabrô
WatanabénoTsouna tuant Yénokouma aïyemon
Kousounoki Tamomarou se battant avec Yaono Bettô
Ohtomono Soukouné arrêtant Ohtomono Mahtori
Onikojima Yatarô disputant une cloche avec Saïhôin

En Hokousaï illustrait le Yéhon Sénjimon, MILLE LETTRES ILLUSTRÉES, un ancien ouvrage chinois entré dans l'éducation japonaise et dont la traduction japonaise est donnée en regard du texte chinois

Deux espèces de jolis culsdelampe: des enfants, dont l'un est sur le dos de sa mère, en contemplation devant les ombres chinoises d'une lanterne, et deux enfants entrevus sur une barque à moitié cachée par les nénuphars d'un étang A côté de ces culsdelampe, un beau dessin représente la veuve de Kousounoki Masashighé, élevant en l'air le rouleau où est le testament de son mari et arrêtant son fils au moment où il va se tuer

En , dans le Nikkô sanshi, GUIDE DE NIKKÔ, la montagne où sont enterrés les premiers shôgouns de Tokougawa, un recueil de volumes dont l'illustration est due à la collaboration de plusieurs artistes, Hokousaï publie deux paysages d'après la cascade de Riûdzou tête de dragon: deux grandes planches, où la fusée blanche de l'armature des arbres se détache, d'une manière remarquable, sur le noir de la feuillée

Tous les arts descendant du dessin, Hokousaï veut que son imagination aille à ces arts, que son pinceau y touche, que sa main en donne des modèles C'est ainsi qu'en , le vieux peintre qui signe: le vieillard fou de dessin, publie le ShinHinagata, NOUVEAUX MODÈLES DE DESSINS D'ARCHITECTURE, et écrit en tête cette préface:

Depuis l'antiquité, l'homme a copié la forme des choses: ainsi dans le ciel il a pris le soleil, la lune et les étoiles, et sur la terre les montagnes, les arbres, les poissons, et puis les maisons, les champs; et ces images simplifiées, modifiées, dénaturées, sont devenues les caractères de l'écriture Mais celui qui se fait appeler un dessinateur doit respecter la forme originale des choses, et, ce dessinateur, quand il dessine les maisons, les palais, les temples, il est de toute nécessité qu'il sache comment les charpentes sont agencées

Il existait un ouvrage fait par un architecte, sous ce titre: LES MODÈLES DE L'ARCHITECTURE, mon éditeur m'a demandé de dessiner le second volume Le premier a été fait par un homme du métier, avec des données techniques Moi, ce que j'ai fait dans ce volume est plutôt du domaine de l'art; toutefois si, grâce à mon enseignement, les jeunes dessinateurs arrivent à ne pas faire un chat à la place d'un tigre, un tombi à la place d'un faucon, quoique mon travail ne soit qu'un caillou à côté d'une montagne, je serai glorieux de ce résultat devant la postérité

Et, à l'appui de la préface, après la représentation du fil à plomb, ce sont des modèles de constructions en bois à la légère et élégante menuiserie; ce sont des terrasses aux balcons complètement ajourés, aux escaliers aériens; ce sont des toits aux souplesses courbes d'une toile de tente, avec de jolis auvents de bambous; ce sont des modèles de cloches pour bonzeries, au bronze sillonné de dragons fantastiques de la mer; ce sont de riches frontons formés de deux énormes taï et affrontés; ce sont des ponts de cordage passant audessus des arbres; ce sont des lanternes de jardin faites de la pyramide de trois enfants japonais montés l'un sur l'autre; ce sont les développements d'un temple bouddhique dans toute sa hauteur:dessins précédés de la figuration, en son riche et nobiliaire costume, de l'architecte officiel du palais impérial et des charpentiers travaillant sous ses ordres Le volume gravé par Yégawa, l'habile graveur des CENT VUES DU FOUZIYAMA, eut une seconde édition, faite postérieurement et teintée de rose A la fin de l'édition en noir l'éditeur annonçait la publication de trois volumes qui devaient suivre et qui n'ont pas paru

Détail curieux, le professeur d'architecture d'Hokousaï fut un des élèves de son atelier, nommé Hokououn, qui s'assimila tellement la manière de son maître qu'il publia une MANGWA où des pages de croquis seraient données par les plus fins connaisseurs à Hokousaï

Mais ce n'a pas été seulement de la forme et du contour de l'habitation qu'a été préoccupée la pensée artistique d'Hokousaï, il a donné des heures de son pinceau à la décoration des objets de la vie intime de son temps, cherchant à faire, ainsi que cela a été dans notre société du moyen âge, un objet d'art de tout objet servant à la vie usuelle, et sur la pipe et le peigne, ces deux choses où les Japonais ont dépensé les plus jolies imaginations et associé à leur ornementation les plus belles et délicates matières, il a laissé deux merveilleux petits livres sous le titre: Imayô Koushi Kisérou Hinagata, MODÈLES DES PEIGNES ET DES PIPES À LA MODE D'AUJOURD'HUI Trois volumes, dont deux consacrés aux peignes, avaient paru en , et dont le troisième, consacré aux pipes, paraissait en

Le volume des peignes, qui a pour frontispice une Japonaise en train de polir des peignes sur une meule, contient les plus variés et les plus divers motifs d'ornementation de ce joli objet de toilette où la laque, l'ivoire, la nacre, l'écaille, les pierres dures, se mêlent et se marient pour le décor

Et le goût dépensé sur ces peignes! Ici, ce semis de pétales de fleurs, là, cette jonchée d'iris, là, cet enguirlandement par un volubilis, là, ce couronnement par une fleur de nénuphar Et des envolées à tire d'aile de grues, et des nages de canards mandarins, et des batailles de moineaux Et encore, en leur petitesse minuscule, des coins de village, des plages, des aspects du Fouziyama, des vues panoramiques aux grands horizons Et enfin des choses qu'aucun peuple n'a fait servir à la décoration des objets usuels et familiers, comme les cassures du charbon de terre, le treillis d'une vannerie, le fouillis enchevêtré de clous, les crêtes des vagues, les rayures de la pluie

À la suite de la préface, Hokousaï écrit ces quelques lignes

La fabrication des objets change selon le temps Des objets qui étaient carrés, on les fait ronds et le monde trouve cela plus beau: ça s'appelle la mode Tous les objets sont soumis à cette modification, à plus forte raison les peignes et autres objets de toilette servant aux femmes dont les caprices se plaisent au changement Si je ne dessinais que pour la mode présente, mes dessins ne seraient d'aucune utilité pour les fabricants de l'avenir; donc les dessins de ce petit volume ont été faits avec l'idée de créer un décor pouvant s'appliquer à des formes variables Ainsi, si la mode exige que les peignes soient épais, les artistes devront augmenter le dessin pour couvrir l'épaisseur Dans le cas contraire, ils n'ont, ce qui leur sera plus facile, qu'à simplifier le dessin Donc j'ai tâché de prévoir, autant que possible, ces variations

Et il signe: Précédemment Hokousaï Katsoushika Iitsou

Le volume des pipes a, pour frontispice, un Coréen qui fume une pipe interminable; et commence une suite de petits carrés où se trouve le motif dessiné de la ciselure entre un fourneau et un tuyau de pipe: motif en général exécuté sur une pipe toute en argent, ou sur une pipe en bambou avec des revêtements partiels en argent, ou sur une pipe en bronze avec des parties en ivoire Et les motifs représentent tout un monde: un tigre, un ascète, une cascade, un enfant enlevant un cerfvolant, un Hotei, des chauvessouris, le porteur du bâton aux morceaux de bambous pour battre le thé, une biche, une branche de sapin, un acrobate, un Darma, une assemblée de renards au clair de la lune, une grenouille, une mouche, des flammes, des bulles de savon

De ces volumes sur l'architecture, sur les peignes et les pipes, on pourrait rapprocher le Shingata Komontchô, ALBUM DE PETITS DESSINS POUR NOUVEAUTÉS, publié en

Une série de planches où l'ingénieuse combinaison de l'enlacement, de l'entrecroisement, de l'enchevêtrement de carrés, de ronds, de losanges, fait le décor de robes, et qui devait être suivi d'un autre volume consacré aux broderies qui n'a pas paru

En tête de ce volume, la préface de Tanéhiko dit: «Les artistes qui dessinent librement sont d'ordinaire maladroits avec le compas et la règle, et ceux qui font des dessins géométriques ne savent pas dessiner librement Hokousaï, lui, fait tout bien, et il arrive à faire avec sa règle et son compas, non pas seulement des dessins artistiques, mais encore des dessins d'une invention infinie»

À la suite de trois mauvaises récoltes du riz, pendant les années , , , l'année fut une année de disette pendant laquelle les Japonais restreignant leurs dépenses n'achetaient plus d'images, et où les éditeurs se refusaient à faire les frais de publication d'un livre, d'une planche séparée En cette grève des éditeurs, Hokousaï comptant sur la popularité de son nom, eut l'idée de composer des albums au bout de son pinceau, et il trouva à vivre à peu près cette année de la vente de ces dessins originaux vendus sans doute très bon marché

Un de ces albums, composé de douze dessins, existe dans la collection de M Hayashi Un demiquarteron de lavis rapides, au coloriage brutal, lavis où, sous le barbouillage hâtif, se sent le maître, dans la silhouette des êtres et des choses C'est Foukorokou déroulant un makimono sur lequel une tortue vient se promener, c'est le diable déguisé en prêtre faisant sa prière Et ce sont aussi bon nombre de motifs déjà publiés par lui, et qu'il répète sans pudeur: ainsi le hochequeue sur un rocher, qui revient si souvent dans ses dessins, ainsi le Japonais regardant s'envoler des papillons, du Shashin gwafou

L'album est signé: Gwakiô rôjin manji vieillard fou de dessin à l'âge de ans

En cette mauvaise année pour l'art, Hokousaï a cependant la chance de trouver un éditeur pour une grande série de planches séparées, et cette date de est non seulement appuyée par la signature Manji, précédemment Hokousaï, mais certifiée par une lettre d'Hokousaï, datée de cette année, où il est question de la commande de cette série faite par l'éditeur Yeijudô, lettre que Hayashi aurait eue entre les mains, au Japon

Cette série renfermant une suite de paysages en largeur, tirés en couleur, de la même facture que les TRENTESIX VUES DU FOUGAKOU est intitulée: Hiakounin isshu Ouwaga Yétoki, LES CENT POÉSIES EXPLIQUÉES PAR LA NOURRICE

Des planches, qui devaient former la collection, seulement ont paru

Poésie de l'empereur Tenti
  La récolte du riz
Poésie de l'impératrice Jitò
  Un bord de rivière l'été, avec lavage de linge
Poésie de KakinomotonoHistomaro
  La nuit auprès d'un feu allumé, des pêcheurs tirant un filet

Poésie de Yamabéno Akahito

Le n° manque

Poésie de Saroumarou Duyù À l'automne, retour de paysans de la cueillette, leurs pelles fourchues sur l'épaule Au haut d'une montagne, un cerf bramant, qui fait songer aux paysans à l'attente de leurs femmes

Yakamoti

Un bateau à la forme de gondole, sur une rivière baignant une ville bâtie sur un rocher

Abéno Nakamaro

La lune rappelant en Chine au poète japonais son pays

Onono Komati

Paysanne en train de nettoyer une étoffe sur une porte détachée de ses gonds

Sanghi Takamoura

Pêcheuses de coquilles, appelées awabi

Sôjô Henjô

Danseuse de temple, dansant la nuit, en grand costume, les cheveux épars, un éventail à la main Le poète dans la poésie, en tête de la planche, dit au vent d'empêcher les nuages de couvrir la lune

Ariwarano Narihira aux environs de Kiôtô Gens traversant un pont sur une rivière dont les eaux roulent la pourpre de nombreuses feuilles de momiji

Foujiwara Toshiyuki Bâtiment de commerce japonais

Issé une poétesse

Sur l'avance d'une petite terrasse, deux femmes regardant la campagne

Motoyoshino Shinnô

Un boeuf chargé de roseaux, au milieu de promeneurs autour d'une baie

Kwanké

Voiture aux roues énormes, ayant l'air d'un temple portatif et à laquelle est attelé un boeuf: voiture dans laquelle, seul, le souverain peut monter

Teijinkô

Noble visitant le temple d'Ogouroyama, célèbre pour ses momiji

MinamotonoMounéyuki

Chasseurs faisant du feu dans la neige

HaroumitinoTsouraki

Scieurs de bois au bord d'une rivière

Kiyowarano Foukayabou
> Bateaux de promenades à Yédo, au milieu desquels un bateaurestaurant
> va de l'un à l'autre

Bounyano Asayasou
> Sur un bateau, de jeunes garçons de la noblesse cueillant des pousses
> de lotus: un mets dont les Japonais sont très friands

Sanghi Hitoshi
> Un daïmio, accompagné de serviteurs, parcourant la campagne

Ohnakatomi Norinobou
> Serviteurs japonais attendant leur maître à la porte d'un jardin
> impérial

Foujiwarano Yoshitaka
> Établissement de bains où l'on voit des femmes en peignoir sur une
> terrasse d'où sort un jet de vapeur d'eau chaude

Foujiwarano Mitinobou
> Porteurs de cago descendant une route

Sanjônoin
> L'intérieur d'un temple sinthoïste

Dainagon Tsounénobou
> Fontaine où des femmes remplissent des baquets

Gontûnagon Sadaiyé
> Au bord de la mer, un four à sel

Enfin, à cette série il y aurait encore à rattacher la série ayant pour titre: Sétsouguekkwa, NEIGE, LUNE ET FLEURS, composée de trois planches

La neige de la Soumida à Yédo

La lune de Yodogawa nom de rivière à Ohsaka

Les Fleurs de Yoshino nom d'une montagne toute rose de ses arbres en fleurs aux environs de Kiôto

Oui, cette année où Hokousaï au bout de ces quatre ans d'exil passés à Ouraga revient à Yédo, est une année vraiment malheureuse: une année fatale pour l'artiste A peine s'estil logé, établi à nouveau dans le quartier Honjô, le quartier campagnard, affectionné par le peintre, qu'un incendie brûle sa maison, détruit un grand nombre de ses dessins, et les esquisses et les croquis qu'il a pris tous les jours de sa vie,et de la maison où brûle son oeuvre le peintre n'emporte que son pinceau

De à , l'année de sa mort, Hokousaï illustre Wakan Inshitsoudén, TRADITIONS CHINOISES ET JAPONAISES SUR LES CONSÉQUENCES DE LA CONDUITE INVISIBLE sur les bonnes ou mauvaises actions secrètes, non connues, et où le bien et le mal se trouvent récompensés dans la personne des gens bons ou mauvais ou dans leurs descendants Dans ce petit livre, chaque personnage, dont on rapporte un acte de la vie, a son nom imprimé près de la représentation de cette action

Peutêtre cette année ou une des années suivantes, Hokousaï illustre le Yéhon Onna Imagawa, le LIVRE ILLUSTRÉ DE L'ÉDUCATION DES FEMMES

Dans les environs de l'année , Hokousaï publie encore quatre estampes en hauteur représentant le travail en paille exposé dans la cour du temple d'Asakousa

Ces planches représentent les douze signes du zodiaque, les deux guerriers Kôméi et Schûsô, une femme sur un éléphant blanc, une cage de grues, une arme d'une longueur de mètres

Vers le même moment paraît encore Shimpan Daïdô Zoui, NOUVELLES PLANCHES DES DESSINS SUR LA VOIE PUBLIQUE, une série de douze feuilles en largeur
Une série d'un mouvement diabolique: un défilé de pèlerins sous des masques de Téngous, de garçons de marchands de saké ayant trop goûté à leurs marchandises, de marchands de savon faisant des bulles au bout d'un chalumeau, de forgerons d'ancres, d'aveugles masseurs, de mendiants criant, chantant, dansant en brandissant des écrans, menant une bacchanale folle, épileptique, bras et jambes en l'air, et qui serait la fin des étudiants paresseux de làbas

Sous la même date, on classe aussi Tiyénooumi, L'OCÉAN D'IDÉES, une série rarissime

En Hokousaï publie le Shoshin gwakan, ALBUM DE DESSINS POUR LES COMMENÇANTS, un album qui a une certaine parenté par le faire avec le Shashin gwafou

Des dessins de premier coup, de la brutalité la plus savante, faisant mépriser le joli et le fini du petit art

D'abord un dessin comique d'Hotei, le dieu des enfants, s'ouvrant de ses deux mains la bouche jusqu'aux oreilles, avec devant lui un petit Japonais qui lui tire la langue

Puis des riens du tout, comme des champignons, comme un morceau de bambou, etc, etc, des merveilles d'un rendu comme produit par la fièvre du dessin

Et, au milieu de ces croquis, le dessin du dialogue d'un ministre retiré des affaires et d'un pêcheur où, dans l'épine dorsale et la gesticulation gouailleuse des mains de ce pêcheur, est donné comme l'accent de la phrase qu'il jette au ministre démissionnaire, disant qu'il a quitté le ministère parce que le monde a l'esprit à l'envers: «N'estce pas vous qui êtes à l'envers? Moi, quand la rivière est trouble, je me lave les pieds dedans et, quand elle est claire, je la bois!»

Les gravures de cette publication ont été republiées plus tard en couleur, en mauvaise couleur, sous le titre de Hokousaï Gwayén, LE JARDIN DES DESSINS d'HOKOUSAÏ

En , deux ans avant la mort de l'artiste, paraît Rétsoujo Hiakouninshû, CENT PENSÉES DE CENT FIDÈLES FEMMES, dont les cent figures sont de Toyokouni, mais dont les dix premières pages sont d'Hokousaï

Il semble qu'alors l'artiste, qui a ans, redoute la responsabilité de l'illustration d'un livre tout entier, et il se contente d'une espèce d'introduction dessinée, faite par de petits croquis jetés dans un trait, mais des plus spirituels

En , c'est Shûga hiakounin shû, LES CENT POÈTES, publication due à la collaboration de Kouniyoshi, Shighénobou, Yeisén, mais dont les dix premières pages sont d'Hokousaï

Une planche d'un beau sentiment: un Empereur exilé, regardant mélancoliquement du bord de la mer une volée d'oiseaux se dirigeant vers son pays

Cette même année , Hokousaï donne une grande planche en largeur, représentant une opération topographique faite avec nos instruments d'arpentage et qui a presque le caractère d'un dessin européen Elle est signée: Manji rôjin à l'âge de ans

Au printemps de , l'année de la mort d Hokousaï, c'est Yokou yeiyû hiakounin shû, CENT POÉSIES DE HÉROS, illustration due à plusieurs artistes, et où Hokousaï a encore dix feuilles de dessins dont la première est une planche de détails d'armures

En , un an avant sa mort, Hokousaï publie Yéhon Saïshikitsou, LE TRAITÉ DU COLORIS, sur la couverture duquel on voit Daïkokou déroulant un kakémono où sont gravés le titre du volume et le nom de l'auteur, et où la première planche représente, audessus d'un petit rapin japonais préparant l'encre de Chine, le peintre dans une espèce de danse de SaintGuy picturale, peignant un pinceau dans la bouche, un pinceau dans chaque main, un pinceau dans chaque pied

Le traité qui est rédigé par Hokousaï, sous le nom d'Hatiyémon, mérite d'être traduit dans quelquesunes de ses parties Il commence ainsi:

L'ignorant Hatiyémon dit: J'ai fait ce petit volume pour apprendre aux enfants qui aiment à dessiner la manière facile de colorier... publiant ce petit volume à bon marché, dans l'espoir que tout le monde pourra l'acheter et donner à la jeunesse l'expérience de mes quatrevingthuit ans

Dès l'âge de six ans, j'ai commencé à dessiner, et pendant quatrevingtquatre ans j'ai travaillé dans l'indépendance des écoles, ma pensée, tout le temps, tournée vers le dessin Or donc, comme il m'est impossible de tout exprimer en un si petit espace, je voudrais seulement apprendre que le vermillon n'est pas la laque carminée, que l'indigo n'est pas le vert, et aussi apprendre, d'une façon générale, le maniement du rond, du carré, et des lignes droites ou courbes; et si j'arrive, un jour, à donner une suite à ce volume, je mettrai les enfants en état de rendre la violence de l'Océan, la fuite des rapides, la tranquillité des étangs, et chez les vivants de la terre, leur état de faiblesse ou de force En effet, il y a des oiseaux qui ne volent pas très haut, des arbres à fleurs qui ne produisent pas de fruits, et toutes ces conditions de la vie autour de nous méritent d'être étudiées à fond, et si j'arrive à persuader les artistes de cette vérité, j'aurai le premier traîné ma canne sur le chemin

Note : J'aurai le premier indiqué le chemin

Puis, c'est un tableau d'une cinquantaine de couleurs employées par le maître, et à la page suivante, audessus de deux mains qui tiennent un pinceau penché, délayant de la couleur dans une soucoupe, ces recommandations:

Les couleurs ne doivent être ni trop épaisses, ni trop claires, et le pinceau doit se tenir couché; autrement il produit des malpropretés; l'eau du coloriage plutôt claire que foncée, parce qu'elle durcirait le ton;le contour jamais trop net, mais très dégradé;n'employer la couleur que lorsqu'elle a reposé et qu'on a rejeté la poussière montée à la surface;la couleur fondue avec le doigt, et jamais avec le pinceau; ne passer la couleur que sur les lignes noires de l'ombre, où seulement la couleur peut se superposer

Et ce sont les couleurs spéciales qu'il faut employer pour colorier les animaux et les plantes, représentés en noir dans les planches qui se succèdent,pour colorier le hoho, le coq, l'aigle, les canards, les poissons

Le noir lui fait dire:

Il y a le noir antique et le noir frais, le noir brillant et le noir mat, le noir à la lumière et le noir dans l'ombre Pour le noir antique, il faut y mêler du rouge; pour le noir frais, c'est du bleu; pour le noir mat, c'est du blanc; pour le noir brillant, c'est une adjonction de colle; pour le noir dans la lumière, il faut le refléter de gris

À propos de fleurs, Hokousaï nous révèle un curieux ton de l'aquarelle de làbas: c'est le ton du sourire Mais écoutez le vieux maître:

Ce ton appelé le ton du sourire, Waraïgouma, est employé sur la figure des femmes pour leur donner l'incarnat de la vie, et aussi employé pour le coloriage des fleurs Pour le fabriquer ce ton, voici le moyen: il faut prendre du rouge minéral, shôyénji, fondre ce rouge dans de l'eau bouillante, et laisser reposer la dissolution: c'est un secret que les peintres ne communiquent pas

Hokousaï ajoute:

Pour les fleurs, on mêle généralement de l'alun à cette dissolution: mais ce mélange brunit le ton Moi, j'emploie bien aussi l'alun, mais d'une manière différente, due à mon expérience Je le bats longtemps dans un godet et le tourne sur un feu très doux jusqu'à ce que le liquide soit desséché complètement Cette matière ainsi obtenue, on la conserve à sec, pour s'en servir, en la mélangeant avec du blanc Et pour obtenir ce blanc teinté d'un soupçon de rouge, j'étends le blanc d'abord, et ensuite en délayant le shôyénji dans beaucoup d'eau, et le laissant précipiter au fond de cette eau à peine teintée, passée sur la gouache, j'obtiens la coloration voulue

Ce qu'il y a de curieux dans le professorat d'art d'Hokousaï, c'est l'indépendance que prêche à ses élèves le maître indépendant, leur déclarant qu'ils n'aient pas à croire qu'il faut se soumettre servilement aux règles indiquées, et que chacun, dans son travail, doit s'en tirer selon son inspiration

La même année, il publie un second volume portant le même titre, où il dit: Dans le premier volume, j'ai indiqué les couleurs à l'état général, dans celuici, je m'occupe des couleurs à l'état liquide; et ce sont des procédés, comme dans l'autre volume, pour peindre un lion de Corée, un sanglier, des lapins

Dans le premier volume, un moment, il nous entretient du procédé hollandais de la peinture à l'huile de l'Europe, disant: Dans la peinture japonaise, on rend la forme et la couleur, sans chercher le relief, mais dans le procédé européen on recherche le relief et le trompel'oeil, et Hokousaï conclut, sans partipris, qu'on peut admettre les deux procédés

Dans ce second volume, faisant sans doute allusion à des planches de Rembrandt qu'un critique américain l'accusera d'avoir transportées dans le vieux sacrosaint dessin japonais, Hokousaï parle du procédé hollandais de l'eauforte, du procédé qui consiste à dessiner sur le cuivre recouvert d'un vernis, et annonce qu'il dévoilera ce procédé dans le volume suivant Mais ce second volume du TRAITÉ DU COLORIS devait être la dernière publication du peintre

Un second livre, où Hokousaï professe longuement, est le Riakougwahaya shinan, LEÇON RAPIDE DE DESSIN ABRÉGÉ, ouvrage paru en trois volumes, le premier en , le second en , le troisième sans date

Dans le premier volume, aux croquis assez brutaux, il y a une chose curieuse: que chaque dessin soit un Darma, soit un scolopendre, il est reproduit dans les contours de sa forme par les lignes courbes de moitiés de circonférences, de quarts de circonférences, et de temps en temps par un carré

Dans la préface, Hokousaï blaguant les anciens, s'exprime ainsi:

Note : La préface est de Kiôrian, mais elle est répétée dans le Shoshin Yédéhon, MODÈLES DE DESSINS POUR LES COMMENÇANTS, sous le nom d'Hokousaï

Les anciens ont déclaré que la montagne se fait avec la hauteur de dix pieds, les arbres avec la hauteur d'un pied, le cheval avec la hauteur d'un pouce, l'homme avec la grosseur d'un haricot, et ils ont proclamé que c'est la loi de la proportion dans le dessin Non, les lignes du dessin, ça consiste en des ronds et des carrés... Maintenant notre vieil Hokousaï, lui, a pris une règle et un compas, et c'est avec cela qu'il a dessiné toutes les choses pour en bien déterminer la forme: un procédé qui ressemble un peu à ce vieux moyen de tâtonner avec le pinceaucharbon morceau de bois brûlé, du fusain Or, celui qui apprendra à bien manoeuvrer la règle et le compas, il pourra arriver à exécuter les dessins les plus fins et les plus délicats

Et à la fin du volume, ces lignes sont encore d'Hokousaï:

Ce livre apprend la manière de dessiner au moyen du compas et de la règle, et celui qui travaillera à l'aide de ce moyen apprendra par luimême la proportion des choses

Dans le second volume, Hokousaï se représente peignant avec la bouche, les mains, les pieds, dessin que nous trouvons répété en dans le TRAITÉ DU COLORIS, et c'est une série de dessins assez semblables aux dessins géométriques du premier volume, mais qui seraient inspirés par la contexture des mots de la langue japonaise Dans ce volume en une langue impossible, aux localités invraisemblables, et sous des noms imaginaires, moquant le style de rivaux et de concurrents, Hokousaï plaisante ainsi:

En aimant le style prétentieux de HémamoushoNiûdô, le peintre Yama mizou Téngou, de NoshiKoshi yama, s'est approprié l'art incompréhensible de ses dessins Or, moi qui ai étudié ce style près de cent ans, sans y rien comprendre plus que lui, il m'est cependant arrivé ceci de curieux, c'est que je m'aperçois que mes personnages, mes animaux, mes insectes, mes poissons ont l'air de se sauver du papier Cela n'estil pas vraiment extraordinaire? Et un éditeur, qui a été informé de ce fait, a demandé ces dessins de telle façon que je n'ai pu lui refuser Heureusement que le graveur Koizoumi, très habile coupeur de bois, s'est chargé, avec son couteau si bien aiguisé, de couper les veines et les nerfs des êtres que j'ai dessinés et a pu les priver de la liberté de se sauver Ce petit volume, je l'affirme, sera un bijoux précieux pour la postérité, et les personnes entre les mains desquelles il se trouvera, doivent l'étudier avec toute confiance

Et il signe: Yamamizou Téngou Téngoudo Nettétsou fer chaud

Dans le troisième volume, qui est toujours une suite de dessins cherchés d'après la forme des mots, et où en haut des pages il y a la figuration de ces mots audessus des sujets dessinés, la première image représente le peintre qui a signé la préface du second volume Téngou Téngoudo, présentant un dessin à un Téngou, à un de ces génies aux cheveux en poils de bête, au nez en vrille, et Hokousaï met en tête de ce volume:

Ce livre apprend le dessin sans maître On a emprunté les lettres, les caractères de la calligraphie pour faire l'étude plus facile à l'élève Dans chaque dessin, la marche du pinceau est indiquée par le numérotage, afin que les enfants puissent retenir l'ordre de la marche

Mais ce livre n'est pas pour l'enfant seulement; les grandes personnes, les poètes par exemple, qui veulent exécuter un dessin rapide dans une société, seront aidées par ce livre C'est donc les préliminaires du dessin cursif

Note : La tête de Téngou est formée par les mots Yama montagne et Mizou eau, et la tête du peintre par une réunion de caractères faisant hémamousho

À la fin du volume, Hokousaï ajoute:

L'idée qui m'a fait faire ce volume vient de ce que, un soir, chez moi, Yûyû Kiwan nom fantaisiste m'a demandé: Comment peuton apprendre à faire un dessin d'une manière rapide et facile? Je lui ai répondu que le meilleur moyen était un jeu qui consistait de chercher à former les dessins d'après les lettres, et j'ai pris mon pinceau, et lui ai montré comment on peut facilement dessiner Quand j'ai eu exécuté deux ou trois dessins l'éditeur Kôshodô, qui était là, n'a pas voulu laisser perdre ces dessins, et il m'a fait dessiner tout un volume, qu'on doit regarder, au fond, comme une distraction, comme un amusement pour rire

Autour de ces deux traités techniques écrits par Hokousaï, il n'est peutêtre pas sans intérêt de grouper les albums d'Hokousaï traitant spécialement du dessin et du coloris, dont les préfaciers ont été sans doute inspirés dans leurs préfaces par les théories, les idées, les ironies d'Hokousaï

Ainsi dans l'album intitulé Hokousaï Sogwa, DESSINS GROSSIERS D'HOKOUSAÏ, publié en , et dont la première planche représente le génie fantastique de l'encre de Chine, le préfacier Sakaudô, se faisant l'interprète des conversations du peintre, s'exprime dans ces termes: «Il n'est pas difficile de dessiner des monstres, des revenants, mais, ce qu'il y a de difficile, c'est de dessiner un chien, un cheval, car ce n'est qu'à force d'observer, d'étudier les choses et les êtres qui vous entourent, qu'un peintre représente un oiseau qui a l'air de voler, un homme qui a l'air de parler Or, le talent extraordinaire du vieillard Taïtô Hokousaï n'est que le résultat de ce travail, de cette observation dans laquelle il a apporté cette attention infatigable que j'ai toujours admirée et qui a fait de lui le grand artiste indépendant et le maître unique»

Ainsi l'album Shosin Yédéhon, MODÈLES DE DESSIN POUR LES COMMENÇANTS, sans date deux volumes dont le second est en couleur, où la succession des coups de pinceau à donner est indiquée par un numérotage venant d'Hokousaï, et où, pour une étude de tête de profil, la marche du pinceau est ainsi indiquée: , le front; , la ligne du nez; , la narine; , le dessus de la bouche en partie cachée par la robe; , l'oeil; , le sourcil; , l'intérieur de l'oreille; , le contour, et les cheveux de à

Ainsi le RÉPERTOIRE RAPIDE DE DESSIN, sous le titre de Yéhon hayabiki, qui a suivi la LEÇON RAPIDE DE DESSIN ABRÉGÉ, et qui a paru en deux volumes publiés en et

Ces albums, qui contiennent par page ou silhouettes humaines de la grosseur d'un insecte, sont une sorte d'inventaire et de catalogue de tous les motifs de dessin classés sous la première lettre de leurs noms: le premier volume commençant à la lettre i et le second finissant à la lettre sou, la quaranteseptième et dernière lettre de l'alphabet japonais

Dans ce recueil, la tête est presque toujours indiquée seulement par le contour de l'ovale Et ce mode de dessin, adopté par Hokousaï, vient à la suite d'une discussion avec un ami du peintre, qui soutenait que la physionomie d'un être humain ne pouvait être reproduite qu'avec le dessin de ses yeux et de sa bouche: discussion dans laquelle Hokousaï se fit fort de rendre l'expression, la vie d'un visage, en ne les y dessinant pas

Note : Le Mousha Bouri, RÉPERTOIRE DES GUERRIERS, est un recueil dans le même genre que le RÉPERTOIRE RAPIDE DE DESSIN, et qui donne la nomenclature des guerriers célèbres A la fin de ce volume, publié en , Hokousaï annonce qu'il prépare un volume sur les poètes et les artistes célèbres, mais ce volume n'a pas paru

Ainsi, dans l'album d'Ippitzou gwafou, LE DESSIN A UN COUP DE PINCEAU, album publié en , et où un seul coup de pinceau donne si curieusement la silhouette d'oiseaux qui volent, de tortues qui nagent, de lapins qui digèrent, et de Japonais et de Japonaises dans toutes les actions de leur vie Ici, le préfacier avoue que ce mode de dessin n'a pas été inventé par Hokousaï, qu'il est de l'invention de Foukouzénsaï de Nagoya, et que, dans un séjour dans cette ville, Hokousaï a été intéressé par ce procédé de dessin et, craignant qu'il ne se perdît, il a dessiné différents sujets de la même façon, pour que, plus répandu, il soit connu par la postérité

Note : Un autre album, intitulé Sôhitsou gwafou, ALBUM DE DESSIN CURSIF, publié par Hokousaï en , est fabriqué un peu dans le même esprit de coloriage

Ainsi l'album intitulé Santaï gwafou, ALBUM DE TROIS DIFFÉRENTES SORTES DE DESSINS, imprimé en , où Hokousaï signe Taïto, et dans lequel le préfacier Shokousanjïn, traduisant la pensée du peintre, dit: «Dans la calligraphie il y a trois formes, et ce n'est pas seulement dans la calligraphie que ces trois formes existent, c'est dans tout ce que l'oeil de l'homme observe Ainsi, lorsqu'une fleur commence à s'épanouir, sa forme est, pour ainsi dire, une forme rigide; lorsqu'elle est défleurie, sa forme est comme négligée; lorsqu'elle tombe à terre, sa forme est comme abandonnée, désordonnée» Et au milieu de différentes images, une planche d'orchidée, trois fois répétée, est comme la confirmation de l'idée un peu paradoxale du peintre

Ainsi l'album Hokousaï Gwashiki, MÉTHODE DE DESSIN D'HOKOUSAÏ, publié avec la collaboration de ses élèves, d'Ohsaka, Sénkwakouteï, Hokouyô, Sekkwatei, Hokoujû, Shunyôtéi, Hokkei, et où le préfacier fait ainsi l'éloge d'Hokousaï: «La peinture est un monde à part et celui qui veut y réussir doit connaître par coeur les diversités des quatre saisons et avoir au bout des doigts l'habileté du créateur Le Katsoushika Hokousaï de Yédo aima cet art dès l'enfance, eut pour unique maître la nature, et il a pénétré le mystère de l'art; enfin c'est l'unique grand peintre de la peinture ancienne et de la peinture moderne Depuis des années il a donné des albums pour servir aux élèves, mais des albums insuffisants aux demandes Et aujourd'hui l'éditeur Sôyeidô a demandé au maître un nouvel et plus complet album qui servira de méthode pour la jeunesse»

Et à la fin de toutes ces révélations sur l'art du maître, qu'elles émanent de ses amis ou de luimême, donnons la plus curieuse de toutes, que Hokousaï, en , jeta en tête des CENT VUES DU FOUZIYAMA:

Depuis l'âge de six ans, j'avais la manie de dessiner la forme des objets Vers l'âge de cinquante ans, j'avais publié une infinité de dessins, mais tout ce que j'ai produit avant l'âge de soixantedix ans ne vaut pas la peine d'être compté C'est à l'âge de soixantetreize ans que j'ai compris à peu près la structure de la nature vraie, des animaux, des herbes, des arbres, des oiseaux, des poissons et des insectes

Par conséquent, à l'âge de quatrevingts ans, j'aurai fait encore plus de progrès; à quatrevingtdix ans je pénétrerai le mystère des choses; à cent ans je serai décidément parvenu à un degré de merveille, et quand j'aurai cent dix ans, chez moi, soit un point, soit une ligne, tout sera vivant;

Je demande à ceux qui vivront autant que moi de voir si je tiens ma
parole
Écrit à l'âge de soixantequinze ans par moi, autrefois Hokousaï, aujourd'hui Gwakiô Rôjin, le vieillard fou de dessin

Note : L'Art Japonais, par Gonse Quantin , t I

À l'âge de ou ans, Hokousaï avait eu une attaque d'apoplexie, dont il s'était tiré en se traitant par la pâtée de citron, un remède de la médecine japonaise et dont la composition était laissée par le peintre à l'ami Tosaki, avec, dans la marge de l'ordonnance, des croquetons de la main du peintre représentant le citron, le couteau à couper le citron, la marmite où on le fait cuire

Voici la composition de cette pâtée de citron:

«Avant que vingtquatre heures japonaises heures se soient écoulées depuis l'attaque, prenez un citron, découpezle en petits morceaux, avec un couteau de bambou et non pas de fer ou de cuivre Mettez le citron, ainsi découpé, dans une marmite de terre Ajoutezy un go un quart de litre de saké extra bon, et laissez cuire au petit feu jusqu'à ce que le mélange devienne épais

«Alors il faut avaler, en deux fois, la pâtée de citron dont on a retiré les pépins, dans de l'eau chaude; et l'effet médical se produit au bout de vingtquatre ou trente heures»

Ce remède avait complètement guéri Hokousaï et semble l'avoir mené bien portant jusqu'en où il tombait malade de ses ans, dans une maison d'Asakousa, le quatrevingttreizième logis de cette existence vagabondante d'une habitation à l'autre

C'est alors, sans doute, qu'il écrivit à son vieil ami

Takaghi cette lettre ironiquement allusive:
Le roi Yemma est bien vieux et s'apprête à se retirer des affaires Il s'est fait construire, dans ce but, une jolie maison à la campagne et il me demande d'aller lui peindre un kakémono Je suis donc obligé de partir et, quand je partirai, je prendrai mes dessins avec moi J'irai louer un appartement au coin de la rue d'Enfer, où je serai heureux de vous recevoir, quand vous aurez occasion de passer par là

Note : Yemma, roi des Enfers, le Pluton japonais Cette lettre a été publiée par M Morse, dans l'Art Review, et reproduite, par Gonse, dans l'Art Japonais

En cette dernière maladie où Hokousaï eut les soins de sa fille Oyei, qui avait divorcé avec son mari et habitait avec son père, et où il fut entouré de l'affection filiale de ses élèves, la pensée du mourant fou de dessin, toujours toute à l'ajournement que le peintre sollicitait de la Mort pour le perfectionnement de son talent, lui faisait répéter d'une voix qui n'était plus qu'un soupir: Si le ciel me donnait encore dix ans... Là, Hokousaï s'interrompait, et après un silence: Si le ciel me donnait seulement encore cinq ans de vie... je pourrais devenir un vrai grand peintre

Note : D'après la biographie de Oukiyo yé Ronikô, par Kiôdén, qui le fait mourir le avril , la poésie de la dernière heure, que Hokousaï aurait formulée en mourant, est celleci:

>   Oh! la liberté, la belle liberté, quand on va se promener aux champs
>   d'été, en âme seule, dégagée de son corps

Hokousaï mourait à l'âge de ans, le dixhuitième jour du quatrième mois de la deuxième année de Kayéï le mai

Un tombeau lui a été élevé, par sa fille Shiraï Tati dans le jardin du
Temple Seikiôji d'Asakousa, à côté de la pierre tombale de son père,
Kawamoura Itiroyémon
On lit sur la face de la grande pierre tombale: Gwakiôjin Manjino Haka
Tombeau de Manji, vieillard fou de dessin Sur la base: Kawamoura Ouji
Famille Kawamoura
Sur le côté gauche de la pierre tombale, en hauteur, trois noms religieux: ° Nansôin kiyo Hokousaï shinji Le chevalier de la foi, Hokousaï à la gloire pittoresque, Nansô religieux du sud de Sô; ° Seizenin Höokou Miôju shinnio, un nom de femme morte en , qui pourrait être sa seconde femme; ° Jôoun Miôshin Shinnio, un autre nom de femme morte en , qui serait celui d'une de ses filles

Note : Le mot Sô est l'abréviation du mot Shimofousa, où se trouve
Katsoushika

Hokousaï s'est marié deux fois, mais on ignore les noms de ses deux femmes; on ne sait pas même si la séparation avec chacune d'elles a été amenée par la mort ou le divorce; seulement on a la certitude que le peintre vivait seul à partir de ou ans

De sa première femme Hokousaï avait eu un fils et deux filles

Le fils, c'est Tominosouké qui prit la succession de la maison du miroitier Nakajima Issé, et qui mena une vie de désordres, causant mille ennuis à son père

Les filles, ce sont: Omiyo qui devint la femme de Yanagawa Shighénobou, le peintre, morte quelque temps après son divorce, et qui avait mis au monde ce petitfils qui fut une source de tribulations pour son grandpère; et Otétsou, douée d'un vrai talent de peintre, qui mourut toute jeune

De sa seconde femme Hokousaï eut également un fils et deux filles

Le fils, c'est Takitiro, un petit fonctionnaire de Tokougawa, un peu poète, devenu le fils adoptif de Kasé Sakijiurô, qui éleva le tombeau d'Hokousaï et dont il prit le nom Le petitfils de Takitiro qui s'appelait Kasé Tchôjirô a été le camarade d'école de Hayashi, en l'étude de la langue française, dans la classe de M Fontaine, actuellement maire d'Asnières

Les filles, ce sont: Onao, qui mourut dans son enfance, et Oyei, qui se maria avec un peintre nommé Tômei, mais divorça et vécut, comme nous l'avons dit, la fin de la vie d'Hokousaï, avec son père C'était un artiste, qui fit l'illustration de Onna tchôhôki: un livre d'éducation pour la femme, qui traite de la civilité

Hokousaï avait deux frères aînés et une soeur cadette, tous morts dans leur jeunesse

En l'année , l'année qui suit la mort d'Hokousaï, paraît Guirétsou hiakoninshu, CENT EXEMPLES DE COURAGE, une illustration due à plusieurs artistes, mais où une planche d'Hokousaï représentant une terrible tempête nous montre Tatiwanahimé, la femme du prince Yamatodaké, se jetant dans la mer pour apaiser les flots par le sacrifice de sa vie

Trente ans après la mort d'Hokousaï, en , on a publié en deux volumes d'après ses dessins, le Yéhon Tôshisén Gogonzekkou, ILLUSTRATION DES POÉSIES DES THANG, COMPOSÉES DE QUATRE VERS DE CINQ MOTS

Les deux premières pages vous montrent: l'une, le poète écrivant à main levée, au pinceau, tandis qu'un enfant lui prépare l'encre de Chine; l'autre, le peintre peignant à l'encre de Chine sur un kakémono des oies sauvages, dans l'étonnement de ses disciples

Après ces deux planches, les compositions les plus diverses: un homme qui nettoie un miroir de bronze; une abandonnée qui se désole dans son lit; une collation à la fin de laquelle l'amphitryon donne son sabre à son ami qui part pour une expédition militaire; des cygnes nageant à l'ombre de grands camélias

Enfin, comme pendants aux deux premières planches, les deux dernières représentant la fabrication de l'encre de Chine: le ramassement de la suie dont elle est faite, et le moulage de cette suie en bâtons